Nunca antes
una competición
había prometido tanto...
ni implicado tanto peligro.

UNA NOTA FALSA

GORDON KORMAN

DESTINO

Para todos los equipos formados por un hermano
y una hermana, de los Mozart a los Cahill,
de un agradecido hijo único.

DESTINO INFANTIL Y JUVENIL, 2011
infoinfantilyjuvenil@planeta.es
www.planetadelibrosinfantilyjuvenil.com
Editado por Editorial Planeta, S. A.

Título original: *One False Note*
© Scholastic Inc. Todos los derechos reservados.
La serie THE 39 CLUES está publicada en acuerdo con Scholastic Inc., 557 Broadway,
Nueva York, NY 10012, EE. UU.
THE 39 CLUES y los logos que aparecen en ella son marca registrada de Scholastic Inc.

© de la traducción: Zintia Costas Domínguez, 2011
© Editorial Planeta S. A., 2011
Avda. Diagonal, 662-664, 08034 Barcelona
Primera edición: mayo de 2011
ISBN: 978-84-08-09862-1
Depósito legal: M. 12.732-2011
Impreso por Huertas Industrias Gráficas, S. A.

Impreso en España – Printed in Spain

CAPÍTULO 1

La huelga de hambre empezó dos horas al este de París.

Saladin olisqueó delicadamente la lata abierta de comida para gatos y, con desdén, levantó la nariz.

—Vamos, *Saladin* —trató de convencerlo Amy Cahill, de catorce años de edad—. Cena un poco, el viaje a Viena será largo.

El mau egipcio resopló con un aire altivo que claramente quería decir: «¿Me estáis tomando el pelo?».

—Está acostumbrado al atún —dijo Amy disculpándose.

Nella Rossi, la niñera de los Cahill, se mostraba impasible.

—¿Tienes idea de cuánto cuesta el pescado fresco? Necesitamos reducir nuestros gastos. ¿Quién sabe cuánto tiempo vamos a estar siguiendo el rastro de vuestras preciosas pistas por todo el mundo?

Saladin maulló en señal de desaprobación.

Dan Cahill, de once años de edad y hermano pequeño de Amy, levantó la cabeza de la partitura que estaba examinando.

—Estoy contigo, chico. No me puedo creer que tengamos que coger el tren más lento de toda Europa. ¡Tenemos que ponernos las pilas! Los demás competidores tienen jets privados y nosotros estamos perdiendo el tiempo en el Expreso de los Perdedores. ¿Vamos a parar en cada pueblecito de Francia?

—No —respondió Nella con sinceridad—, pero sí en cada pueblecito de Alemania y después en cada pueblecito de Austria. Mira, era lo más barato, ¿vale? Yo no acepté ser vuestra niñera en esta competición...

—Querrás decir nuestra canguro —la corrigió Dan.

—... para que al final tengáis que abandonarla antes de que concluya porque os hayáis gastado todo el dinero en atún y billetes de tren caros —concluyó la muchacha.

—Apreciamos mucho tu ayuda, Nella —le respondió Amy—. No podríamos hacer esto sin ti.

Amy aún se sentía algo mareada tras el torbellino de las dos semanas anteriores. «En un instante dejas de ser huérfana, ¡para convertirte en miembro de la familia más poderosa que el mundo haya conocido!»

Un giro increíble para dos niños que tenían una tutora que no se preocupaba por ellos y que los dejaba a cargo de una niñera distinta cada semana. Ahora sabían la verdad: eran parientes de genios, visionarios y líderes globales como Benjamin Franklin, Wolfgang Amadeus Mozart y muchos otros.

«No éramos nadie y ahora, de repente, tenemos la oportunidad de cambiar el mundo...»

Todo gracias a la competición que su abuela Grace había dispuesto en su testamento. De alguna manera, el secreto del poder secular de los Cahill se había perdido: un secreto que sólo podría descubrirse reuniendo las 39 pistas. Esas pistas estaban escondidas por todo el mundo, así que la competición consistía en una búsqueda del tesoro... pero ¡menuda búsqueda del tesoro! Abarcaba océanos y continentes y la recompensa era nada menos que el dominio del mundo.

Pero los grandes desafíos entrañan grandes riesgos. Sus rivales no se detendrían ante nada con tal de derrotarlos; de hecho, ya había habido víctimas.

«Y probablemente habrá muchas más...»

Amy miró a Dan, que estaba sentado en el asiento de enfrente. «Y pensar que hace dos semanas nos peleábamos por el mando de la tele...»

Ella no hallaba el modo de lograr que su hermano comprendiese lo raro que era todo. El muchacho no encontraba nada extraño en el hecho de que perteneciesen a la familia más poderosa e influyente de la historia. Lo había aceptado sin cuestionárselo. Después de todo, pertenecer al clan de los Cahill lo situaba en muy buen lugar. No le vio ningún inconveniente a ocupar un lugar eminente en el engranaje de las cosas. El pobre muchacho tenía sólo once años, no tenía padres y, además, ahora también había perdido a Grace.

Con el entusiasmo de la competición, apenas habían llorado la muerte de su abuela, y eso no les parecía correcto. Amy y Grace estaban muy unidas. Sin embargo, había sido su abuela la que los había metido en esta peligrosa aventura. Había ocasiones en las que Amy no sabía qué sentir...

Movió la cabeza para despejarse y se concentró en su hermano, que leía detenidamente la partitura en busca de marcas escondidas o escrituras codificadas.

—¿Ha habido suerte? —le preguntó Amy.

—Nada de nada —respondió el joven—. ¿Estás segura de que ese tal Mozart era un Cahill? Es decir, Ben Franklin ni siquiera se sonaba la nariz sin dejar un mensaje codificado en el pañuelo. Esto no es más que música aburrida.

Amy puso sus verdes ojos en blanco.

—¿Ese tal Mozart? ¿Tú naciste idiota o tuviste que sacarte

un diploma? Wolfgang Amadeus Mozart es considerado el mejor compositor de música clásica de la historia.

—Tú lo has dicho: música clásica, o sea, aburrida.

—Las notas musicales se corresponden con las letras desde la A hasta la G —reflexionó Nella—; tal vez haya un mensaje codificado así.

—Ya lo he comprobado —explicó Dan—, y también he estado combinando las letras por si formaban un anagrama. Afróntalo: casi nos matan por una pista que en realidad no es una pista.

—Sí que lo es —insistió Amy—, tiene que serlo.

39 pistas. Nunca una competición había sido tan prometedora, o tan peligrosa. Con el poder supremo pendiendo de un hilo, la muerte de dos huérfanos americanos sería tan sólo una nota a pie de página.

«Pero sobrevivimos y encontramos la primera pista», después de un recorrido por la vida de Franklin lleno de obstáculos traicioneros. Amy estaba convencida de que Mozart era la clave para la segunda pista. La respuesta se encontraba al final de aquella vía ferroviaria que los conducía a Viena, donde Mozart había vivido y compuesto alguna de la mejor música de todos los tiempos.

Sólo debían confiar en que sus competidores no llegasen allí primero.

—Odio Francia —masculló Hamilton Holt mientras sujetaba una diminuta hamburguesa con su enorme mano—, es como si todo el país estuviese a dieta.

Los Holt se encontraban en el comedor de una pequeña estación de trenes, treinta kilómetros al este de Dijon. Tenían la esperanza de poder pasar por una familia americana de vacaciones, pero parecían más bien la línea ofensiva de un equipo de fútbol americano; incluso las gemelas, que eran de la misma edad que Dan.

—Tú piensa en el premio, Ham —le recordó el señor Holt a su hijo—. Cuando encontremos las 39 pistas podremos despedirnos de estas raciones para escuálidos y arrasar unos cuantos bufets libres en cuanto volvamos a Estados Unidos. Pero de momento, centrémonos en atrapar a esos mocosos Cahill.

Madison le dio un mordisco a su bocadillo e hizo una mueca.

—¡Tiene demasiada mostaza!

—Estamos en Dijon, idiota —le respondió su gemela, Reagan—. Ésta es la capital mundial de la mostaza.

Madison la golpeó inesperadamente en el estómago. El impacto habría dejado K.O. a cualquiera, pero Reagan se limitó a sacar la lengua desafiando a su hermana. Hacía falta mucho más que eso para lastimar a un Holt.

—Tranquilas, chicas —dijo su madre, Mary-Todd, regañándolas cariñosamente—. Creo que ya oigo el tren.

La familia miró hacia la vía, por la que, lentamente, se acercaba un antiguo tren de motor diésel.

Madison frunció el ceño.

—Se suponía que los trenes en Europa eran rápidos.

—Los Cahill son astutos, igual que sus padres —respondió Eisenhower, el cabeza de familia—; habrán cogido el último tren en el que se nos ocurriría buscarlos. Está bien. ¡A formar!

La familia estaba acostumbrada a la jerga de entrenador de Eisenhower. Tal vez lo hubieran expulsado de la escuela militar, pero eso no le impedía ser un gran motivador. Y para los Holt, no había nada más motivador que una oportunidad para ajustar cuentas con sus engreídos parientes. Aquella competición era ideal para demostrar que ellos eran tan Cahill como cualquiera de los otros. Ellos serían los primeros en encontrar las 39 pistas, aunque tuvieran que hacer picadillo a los demás para conseguirlo.

Se dispersaron y desaparecieron en el bosque que había detrás de la estación.

El lento tren siguió su traqueteo hasta que se detuvo en el andén y unos cuantos pasajeros desembarcaron. Los cobradores y los demás trabajadores de la estación estaban demasiado ocupados descargando el equipaje como para notar que la fornida familia se había subido al vagón trasero. Los Holt estaban a bordo.

Empezaron a revisar los vagones, avanzando hacia adelante. El plan era no llamar la atención, pero eso no resultaba nada fácil con el tamaño extra grande de los Holt. Empujaban hombros y rodillas y pisaron varios pies. Se intercambiaron miradas hostiles, acompañadas de murmullos soeces en diferentes idiomas.

En el tercer vagón, Hamilton, que movía los brazos al caminar, golpeó con el codo el sombrero de una mujer y éste salió volando de su cabeza. En medio de la confusión, la señora dejó caer la jaula de su pájaro que, desde el suelo, piaba asustado y agitaba sus alas sin cesar. Seis filas más adelante, *Saladin* trataba de trepar al respaldo del asiento para investigar. Amy se volvió entonces para comprobar qué era lo que molestaba al gato y...

—Los Ho... Ho... —Las situaciones de estrés siempre la hacían tartamudear.

—¡Holt! —gritó Dan, alarmado.

Afortunadamente, la dueña del periquito se agachó para recoger la jaula del suelo, bloqueando el pasillo. Rápidamente, Dan guardó la partitura y a *Saladin* en el compartimento para equipajes.

—Vamos, señora... —refunfuñó Eisenhower impaciente; en ese momento, levantó la mirada y vio a Dan.

El corpulento hombre se abalanzó por encima de la mujer y del periquito. Dan agarró la mano de Amy y huyeron por el lado opuesto del vagón.

Nella cruzó de una patada una mochila en mitad del pasillo, justo a los pies de Eisenhower, que llegaba corriendo y tropezó con ella, dándose un planchazo contra el suelo.

—*Excusez-moi, monsieur* —se disculpó Nella, en un perfecto francés, a la par que extendía la mano para ayudarlo a levantarse.

Él golpeó la mano rechazando la ayuda. Como no tenía más opciones, Nella se sentó encima de él, dejando caer todo el peso de su cuerpo sobre los omóplatos de Eisenhower.

—¿Qué está haciendo, extranjera loca?

—¡No es una extranjera, papá! —Sin ningún esfuerzo, Hamilton apartó a la joven de encima de su padre y la lanzó contra su asiento—. ¡Es la niñera de los mocosos Cahill!

—Gritaré —amenazó Nella.

—Si lo haces, te tiraré por la ventana del tren —prometió Hamilton. Lo dijo con tanta naturalidad que no había duda de que era muy capaz de hacerlo y de que además se moría de ganas.

Eisenhower se levantó rápidamente.

—Que no se mueva de aquí, Ham. No le quites la vista de encima ni un segundo.

Y siguió la marcha, liderando la estampida de los Holt, predadores a la caza de su presa.

Amy y Dan se las habían arreglado para llegar hasta el vagón restaurante. Corrían entre los comensales y los humeantes platos de comida. Dan se arriesgó a mirar atrás. Los rasgos enfurecidos de Eisenhower Holt llenaban la ventana del pasillo.

El joven le hizo un gesto a un camarero y le dijo mientras señalaba a su perseguidor:

—¿Ve a ese hombre de ahí? ¡Dice que usted ha puesto esteroides en su sopa!

Amy agarró a su hermano del brazo y fijó su aterrada mirada en él, diciéndole entre dientes:

—¿Cómo puedes bromear con estas cosas? ¡Ya sabes lo peligrosos que son!

Los Cahill atravesaron la puerta y llegaron corriendo al siguiente vagón.

—¿Me lo dices o me lo cuentas? —dijo Dan nervioso—. Ojalá pudiese esconderme en un compartimento de equipajes como *Saladin*. ¿No tienen guardias de seguridad en este tren? Seguro que en Francia existe alguna ley en contra de que cinco neandertales se metan con un par de niños.

Amy estaba aterrorizada.

—¡No podemos hablar con ningún guardia! Nos arriesgaríamos a que nos hiciesen preguntas sobre quiénes somos y qué hacemos. Recuerda que los servicios sociales aún nos están buscando en Boston. —Ella abrió rápidamente la puerta al siguiente vagón y empujó a Dan para que entrara delante de ella.

Era el vagón del correo. Había cientos de sacos apilados por todas partes, además de cajas y cajones de todos los tamaños.

—Amy... —Dan empezó a amontonar cajas delante de la puerta.

Su hermana lo entendió al momento. Unieron sus esfuerzos para construir una barricada de paquetes hasta la altura de la manija de la puerta, donde colocaron un jamón curado. Dan tiró de la palanca y comprobó que la puerta no se abría.

Una oleada de gritos llegaban del vagón contiguo; los Holt estaban ya muy cerca de ellos.

Amy y Dan se abrieron camino hacia el otro extremo del vagón apartando los paquetes que se iban encontrando. Una vez llegaron a la puerta, Amy trató de abrirla.

—Está cerrada.

La joven aporreó el rascado cristal. Al otro lado estaba la sala de personal, llena de sofás y camas plegables, todas vacías. Ella golpeó con más fuerza, pero no hubo respuesta.

Estaban acorralados.

En la otra punta del vagón, la cara encolerizada de Eisenhower apareció en la ventana. Todo el tren parecía temblar cada vez que embestía con su hombro contra la puerta.

—Son nuestros primos —pensó Amy, insegura—, en realidad nunca nos harían daño...

—¡Casi dejan que nos entierren vivos en París! —respondió Dan, mientras cogía del suelo un palo de hockey envuelto en un papel marrón.

—¡No estarás hablando en serio...!

En ese momento, Eisenhower Holt cogió carrerilla y empujó la puerta con tanta fuerza que ésta salió disparada encima de Dan, tirándolo al suelo. El palo de hockey repiqueteó en el suelo.

—¡Dan! —Cegada por la rabia, Amy recogió el palo y lo rompió en la cabeza de Eisenhower. El fuerte hombre absorbió el golpe, se tambaleó y se desplomó sobre un saco de cartas.

Dan se incorporó, sorprendido.

—¡Genial! ¡Lo has dejado K.O.!

La victoria no duró demasiado. El resto de los Holt invadieron el vagón. Madison agarró a Amy por el cuello de la camisa y Reagan levantó a Dan.

Los habían cogido.

CAPÍTULO 2

—¡Cariño! —exclamó Mary-Todd arrodillándose junto a su marido—. ¿Estás bien?

Eisenhower se incorporó, le estaba saliendo un chichón del tamaño de un huevo en la cabeza.

—¡Claro que estoy bien! —consiguió decir, arrastrando las palabras—. ¿Crees que un pequeño insecto podría detenerme a mí?

Reagan no estaba muy convencida.

—No lo sé, papá. Te ha golpeado con un bate de béisbol en toda la cabeza.

—Era de hockey —corrigió Dan.

—Ésas podrían ser tus últimas palabras, mocoso. —La víctima se puso en pie de un salto, se tambaleó y casi se vuelve a caer.

Su mujer lo sujetó para que no perdiera el equilibrio, pero Eisenhower la separó de él.

—Estoy bien, es sólo el movimiento del tren. ¿Crees que no puedo conseguirlo? ¡Eso mismo dijeron en la escuela militar y mírame ahora!

—¿Qué es lo que queréis? —preguntó Amy.

—Vaya, al fin hablamos el mismo idioma —aprobó Mary-Todd—; dadnos la pista de París y no os pasará nada.

—Eso es mucho más de lo que os merecéis —añadió su marido, mientras se frotaba la cabeza con cuidado.

—No la tenemos —respondió Amy—, se la llevaron los Kabra.

—Ellos se llevaron la botella —corrigió Madison—. Pero no te preocupes, pronto pagarán por ello. Vosotros tenéis el papel.

—¿Qué papel? —preguntó Dan desafiante.

A modo de respuesta, Eisenhower agarró a Dan por el cuello de la camisa y lo levantó con la misma facilidad con la que levantaría el brazo para llamar a un camarero.

—Escuchad, niñatos apestosos. Os creéis geniales porque erais los favoritos de Grace, ¡pero a mí me importáis un rábano!

Su enorme pezuña rodeó el cuello de Dan, apretándolo como una fresadora industrial. Dan boqueó para tratar de respirar y se dio cuenta de que no podía. Estaba siendo estrangulado.

Buscó a su hermana con la mirada, pero no encontró ayuda, sólo el reflejo de su propio horror. Era fácil reírse de los Holt, con sus cuerpos de culturista, su fervorosa jerga de entrenamiento y sus chándales a juego; pero esto había despertado a los hermanos Cahill como un jarro de agua fría: los Holt eran unos enemigos peligrosos y, con todo lo que se jugaban, eran capaces de...

¿De qué?

Amy no estaba dispuesta a averiguarlo.

—¡Parad! ¡Os daremos todo lo que queráis!

Madison se sentía triunfante.

—Os dije que se rendirían ante un marcaje hombre a hombre.

—A ver, Madison —la regañó su madre—, Amy ha hecho una elección inteligente. No todos los Cahill tendrían lo que hace falta para tomar una decisión así.

Amy corrió para ayudar a Dan. Eisenhower lo había tirado sin miramientos contra un saco de cartas nada mullido. Aliviada, comprobó que sus mejillas iban recuperando su color normal.

Dan estaba enfadado.

—¡No deberías haber hecho eso!

—Grace no habría querido que dejase que te mataran —susurró ella—, encontraremos otra solución.

Los Holt condujeron a los muchachos hacia la parte trasera del tren.

—No se os ocurra intentar nada —murmuró Eisenhower al ver que se acercaba silenciosamente un empleado.

A regañadientes, los jóvenes se dirigieron a sus asientos. Hamilton estaba sentado con Nella y la aplastaba contra la ventana del tren con su figura corpulenta.

Pero la niñera se olvidó al instante de su incomodidad cuando vio llegar a Amy y a Dan.

—¿Os han hecho daño? —preguntó ansiosa—. ¿Cómo estáis?

—Estamos bien —respondió Amy triste y, mirando a Eisenhower, añadió—: Está en el compartimento.

Los Holt, impacientes, casi se pisan los unos a los otros tratando de abrir la portezuela del portaequipajes. *Saladin* maulló, saltó al suelo y detrás de él cayó una nevada de trocitos de papel: era todo lo que quedaba de la partitura original escrita por el propio Mozart.

—¡Nuestra pista! —se quejó Nella.

—¿Vuestra pista? —El rugido que produjo Eisenhower apenas parecía humano. Agarró a *Saladin*, lo puso patas arriba y empezó a agitarlo.

Con una bocanada felina, que más bien sonó como un hipo, el gato vomitó una bola de pelos libremente espolvoreada con notas musicales. No había nada que pudiese salvarse. No era más que confeti.

La explosión de furia de Eisenhower Holt demostró que sus músculos se extendían incluso hasta sus cuerdas bucales. Su cólera provocó que varios pasajeros fueran a refugiarse en los vagones adyacentes. Un minuto más tarde, un cobrador uniformado se aproximaba a ellos por el pasillo, abriéndose paso entre los agitados viajeros.

—¿Qué está pasando aquí? —preguntó el hombre con un pronunciado acento francés—. Enséñenme sus billetes de tren.

—¿Usted le llama tren a esto? —bramó Eisenhower—. ¡Si estuviésemos en Estados Unidos, ni siquiera dejaría que mi hámster se subiese a este trasto!

El cobrador se puso colorado.

—¡Entrégueme su pasaporte, *monsieur*! ¡En la próxima estación tendrán que vérselas con las autoridades!

—¡Ni lo sueñe! —Eisenhower soltó el gato en manos de Amy—. Coged vuestra rata. Holts: ¡retirada inmediata!

Los cinco miembros de la familia corrieron hacia la puerta de conexión y saltaron afuera con el tren en movimiento.

Amy y Dan miraron fijamente desde la ventana cómo sus primos rodaban colina abajo en perfecta formación.

—¡Caray! —exclamó Nella—. ¡Eso no es algo que se vea todos los días.

Amy estaba a punto de llorar.

—¡Los odio! ¡Ahora hemos perdido la única pista que teníamos!

—En realidad no nos llevaba a ninguna parte, Amy —dijo Dan delicadamente—. Sólo era música. Aunque fuese de Mozart... no era gran cosa.

—Sí era gran cosa —se lamentó su hermana—. Sólo porque nosotros no hayamos encontrado lo que ocultaba no quiere decir que no estuviese ahí. Al menos quería poder tocar las notas en un piano, quizá nos hubiera dicho algo.

Su hermano parecía sorprendido.

—¿Quieres las notas? Eso es fácil.

El muchacho abrió la mesa abatible de su asiento, desdobló una servilleta limpia y se puso manos a la obra.

Amy miró asombrada cómo su hermano dibujaba el pentagrama y empezaba a colocar las notas en él.

—¡Pero si tú no tienes ni idea de escribir música!

—Tal vez no —asintió sin levantar la mirada del papel—, pero he estado observando esa partitura desde que salimos de París. Eran estas notas, te lo garantizo.

Amy no discutió. Su hermano tenía memoria fotográfica, su abuela lo había comentado muchas veces. ¿Sabría ella entonces que algún día ese talento llegaría a ser de vital importancia para ellos?

Cuando el tren atravesó la frontera y entró en Alemania, Dan ya había reescrito la partitura a la perfección, con todos los detalles.

Saladin tenía prohibido acercarse a ella bajo ningún concepto.

Cuando Amy, Dan y Nella salieron de la estación Westbahnhof de Viena, no sospecharon ni por un momento que los estaban espiando.

En el asiento trasero de una resplandeciente limusina negra que estaba aparcada frente a la puerta principal, Natalie Kabra observaba todos sus movimientos a través de unos prismáticos de alta potencia.

—Los veo —le dijo a su hermano Ian, que estaba sentado a su lado sobre el terso y suave cuero del interior del coche. Ella hizo una mueca.

—Siempre van vestidos como vagabundos. ¿Y dónde está su equipaje? Un petate y mochilas. ¿Serán tan pobres realmente?

—Eso son excusas baratas para los Cahill —respondió Ian distraído mientras contemplaba una jugada de ajedrez en la pantalla desplegable de la limusina. Durante el viaje desde París, había estado poniendo a prueba su ingenio contra el superordenador ruso Vladivostok.

—Qué jugada más estúpida —murmuró dirigiéndose a su oponente—. Creía que los ordenadores eran más inteligentes.

Natalie estaba molesta.

—Ian, préstame atención, por favor. Que tengamos una inteligencia superior no quiere decir que las cosas no puedan torcerse.

Su hermano era muy inteligente, pero nadie es tan inteligente como Ian se creía que era él. A veces el sentido común es más valioso que los puntos de un test de inteligencia, pero él sólo tenía de lo segundo. Natalie sabía que a ella le tocaba añadir una pizca de lo primero. Ella respetaba los talentos de su hermano... pero había que vigilarlo.

Con satisfacción, Ian sacrificó un alfil, planeando con precisión un jaque mate en tan sólo siete jugadas.

—La botella de París está en nuestras manos —le recordó a su hermana—. Los otros equipos no tienen ninguna posibilidad. Especialmente esos Cahill, tan necesitados de caridad. Tenemos todos los números para obtener la victoria.

—O para perder, si empezamos a confiarnos demasiado —le recordó su hermana—. Mira, están entrando en un taxi —dijo mientras golpeaba con los nudillos el cristal de separación—. Chófer, siga a ese coche.

CAPÍTULO 3

En el caso de los hoteles, grande no siempre quiere decir mejor, pero aun así su habitación en el Franz Josef a duras penas era más grande que un armario. Eso sí, no era demasiado cara y Nella la había encontrado limpia.

—Sigo pensando que deberíamos habernos quedado en el Hotel Wiener —se quejó Dan.

—Se pronuncia «Vee-ner» —le corrigió Nella— y significa «habitante de Viena», igual que los parisinos son los habitantes de París.

—Aun así es divertido: Wiener, como las salchichas —insistió Dan—. Podría acercarme hasta allí a ver si consigo una de sus tarjetas para mi colección.

—No tenemos tiempo para eso —dijo Amy enfurecida, mientras dejaba a *Saladin* en el suelo. El gato empezó a explorar la habitación inmediatamente, como si creyese que podría encontrar algo de atún escondido en alguna parte—. Hemos llegado a Viena, pero aún no tenemos ni idea de por dónde empezar.

Dan abrió el petate de Nella y sacó su portátil.

—Puedes seguir ahí mirando esa partitura hasta que se te caigan los ojos —dijo el muchacho, mientras enchufaba el adaptador de corriente—. Pero si la respuesta está en alguna parte, es en la red.

Amy estaba disgustada.

—¿Es que crees que puedes encontrar la respuesta a todos los problemas del mundo en Google?

—No, pero a Mozart seguro que lo encuentro —dijo poniendo los ojos como platos—. ¡Vaya! ¡Treinta y seis millones de resultados! Mira éste: «*Mozart,* el Wiener más famoso de todos los tiempos». Seguro que las compañías de salchichas tienen algo que decir sobre esto.

—Y yo estoy segura de que forma parte de mi trabajo decirte que crezcas de una vez —dijo Nella distraída, mientras miraba por la ventana—. ¿Sabéis? Viena es una ciudad realmente preciosa. Mirad qué arquitectura. ¡Apuesto a que muchos de esos edificios son incluso del siglo trece!

Amy señaló un edificio.

—Creo que ésa es la torre de la catedral de St. Stephen. ¡Debe de ser tan alta como los bloques de oficinas que hay en Estados Unidos!

Por todas partes, gárgolas y elaborados grabados decoraban las fachadas de piedra, cuyos adornos dorados brillaban con la luz del sol. Detrás de la azotea del edificio más cercano, un amplio bulevar, el Ringstrasse, acarreaba tráfico y peatones de un lado a otro.

Dan no se fijó en nada de todo eso, estaba totalmente concentrado en su búsqueda por la red.

—Mira esto, Amy. He copiado toda esa tonta música para nada. Está todo en Internet. ¿Cómo decías que se llamaba esa pieza?

Amy corrió a su lado y miró la pantalla por encima del hombro de su hermano.

—*KV 617*, es una de las últimas obras que compuso antes de su muerte... ¡ahí está!

Dan, con el ceño fruncido, leyó detenidamente la partitura.

—Sí, es ésta, más o menos. Es exactamente igual hasta aquí —dijo mientras señalaba la pantalla—. Pero después...

Amy sacó la servilleta del tren y la puso al lado de la pantalla.

—¿Es diferente?

—La verdad es que no —respondió Dan—. ¿Ves? A partir de aquí vuelve a empezar. Pero estas tres líneas no están en la versión de Internet. ¿No es extraño? Parece que el sitio web ha decidido no ponerlo todo.

—O —suspiró Amy nerviosa— ¡quizá Mozart añadiese estas tres líneas a la partitura que le envió a Ben Franklin en París! Dan... ¡en estos momentos podríamos estar leyendo un mensaje secreto entre dos de las personas más famosas de la historia! ¡Estas tres líneas son la pista!

Dan no estaba impresionado.

—¿Y eso qué más da? Aún no sabemos qué narices significan.

Amy suspiró ansiosa. Su hermano era un inmaduro y un pesado, pero tal vez su característica más desagradable era que solía tener razón.

Mozarthaus, situada en Domgasse 5, es una biblioteca-museo dedicada al famoso compositor. Se ubica en la única casa de Mozart conservada en Viena y constituye una de sus atracciones turísticas más conocidas. Incluso a las nueve de la mañana, ya había una cola de visitantes que daba la vuelta a la manzana.

Dan estaba consternado.

—¡Pero si es Mozart, no Disneyland! ¿Qué hace toda esta gente aquí?

Su hermana puso los ojos en blanco.

—Mozart vivió en esta casa, ¿no te das cuenta? Incluso es posible que la cama en la que dormía esté aún ahí, o la silla en la que se sentaba, o el tintero que utilizó para escribir algunas de las mejores piezas musicales jamás compuestas.

Dan hizo una mueca.

—¿Así que estoy haciendo cola para ver una casa llena de muebles viejos?

—Eso es —respondió ella con firmeza—. Hasta que entendamos el significado de esa pista, nuestro objetivo es aprender todo lo que podamos sobre Mozart. ¿Quién sabe dónde encontraremos algo que nos pueda indicar qué estamos buscando?

—¿En una silla? —dudó Dan.

—Tal vez. Mira... Sabemos que los Holt nos siguen la pista y estoy segura de que el resto de los equipos no andan muy lejos de ellos. Son mayores que nosotros, más inteligentes y además tienen mucho más dinero. No podemos descuidarnos ni un segundo.

Les llevó cuarenta minutos atravesar la puerta de entrada. A Dan no le había hecho ninguna gracia la espera, pero ahora afirmaba que, sin duda, había sido la parte más interesante de la visita.

Apretados como sardinas con detestables turistas y absortos melómanos, habían logrado entrar en la casa del gran compositor, siguiendo el camino marcado por las cuerdas de terciopelo. Un turista australiano se emocionó tanto al sentir la presencia del Maestro que acabó llorando.

—No te aflijas, amigo. Se acabará en seguida —murmuró Dan, tratando de convencerse a sí mismo.

Los vigilantes del museo les dijeron que no tocasen nada en al menos seis idiomas distintos. Nada más ver a Dan, los guardias de seguridad supieron que él era perfectamente capaz de destrozar el lugar.

Cada vez que la multitud admiradora de Mozart exclamaba «¡oh!» y «¡ah!», a Dan se le hundían los hombros un poquito más. Amy se sentía tan desgraciada como él, pero sus razones eran diferentes. Desconocer qué estaban buscando imposibilitaba totalmente una investigación adecuada. Examinó cada centímetro de la blanca pared tratando de encontrar alguna marca codificada, hasta que le empezó a retumbar la cabeza y sus ojos la amenazaron con salirse de sus cuencas. Pronto se dio cuenta de que Mozarthaus era exactamente lo que parecía: una casa de más de doscientos años de antigüedad que habían convertido en un museo.

«Pero ¿qué esperábamos encontrar? —pensó la muchacha, desanimada—. ¿Una señal de neón del tipo "Atención Cahill: pista detrás del espejo"?»

En su camino hacia la salida, Dan suspiró profundamente aliviado.

—Por fin se ha acabado. Al menos Ben Franklin había inventado cosas geniales. Este tipo se pasaba todo el día sentado escribiendo música. Salgamos de aquí, necesito respirar algo de aire no aburrido.

Amy asintió a regañadientes. No iban a avanzar nada en ese lugar.

—Supongo que deberíamos volver al hotel. Me pregunto si Nella habrá conseguido que *Saladin* coma algo.

Dan parecía preocupado.

—Tal vez deberíamos vender alguna de las joyas de la abuela para que podamos permitirnos comprar atún de nuevo.

Amy suspiró y, al mismo tiempo, agarró a su hermano del brazo.

—Está bien —cedió Dan—. Quédate con el collar...

—No, mira. ¡Hay una biblioteca en el sótano!

—Amy, ¡no me hagas esto! ¡El antídoto contra el aburrimiento no consiste en encontrar algo aún más aburrido!

Sin embargo, cuando la muchacha bajó la escalera y entró en la sombría y polvorienta biblioteca, él estaba a su lado. Después de todo, algunos de los mejores indicios los habían encontrado en bibliotecas. Además, si dejaban ahora Mozarthaus con las manos vacías, su padecimiento no habría servido para nada.

Los libros sólo podían consultarse en la sala. Había un solo ordenador, que parecía tener más de veinte años, en el que se podía consultar la lista de los materiales disponibles. Cuando ya sabías lo que querías, tenías que rellenar una solicitud y entregársela a la bibliotecaria, que era tan vieja que podría ser abuela de Mozart.

Esperaron su turno para el ordenador y Amy se encargó del teclado. Cambió el idioma del aparato, que estaba en alemán, y empezó buscando por KV 617 y después por Ben Franklin. No encontraron nada que aún no supieran, así que enfocó su búsqueda hacia la vida personal de Mozart. Fue así como descubrieron a Maria Anna «Nannerl» Mozart.

—¡Mozart tenía una hermana mayor! —susurró la muchacha con una voz aguda.

—Me compadezco de él —bostezó Dan.

—Recuerdo que Grace mencionó alguna vez algo sobre ella —continuó Amy—. Tenía tanto talento como Mozart, pero no recibió lecciones ni ningún tipo de preparación porque era una chica.

La joven siguió leyendo.

—¡Mira! ¡Su diario original está en esta biblioteca!

Dan estaba ofendido. Era consciente de que la relación entre Amy y su abuela había sido más próxima que la que había tenido él, pero aun así, no le gustaba que le recordasen cuántas cosas habían compartido las dos.

—Pensaba que estábamos investigando a Mozart, no a su hermana.

—Si Mozart era un Cahill, también lo era Nannerl —puntualizó Amy—. Pero no es sólo eso. Fíjate en nosotros dos. Tú no te has enterado de nada en toda la mañana, sin embargo yo me acuerdo de cada detalle. ¿Y si era lo mismo entre Mozart y Nannerl?

—Estupendo. Ahora estás llamándole estúpido —dijo el muchacho, indignado, mientras miraba a su hermana—, ¡y a mí también!

—No es que seáis estúpidos. Es sólo que los cerebros de los chicos están programados de otra forma. Seguro que Nannerl escribió en su diario cosas que Wolfgang no habría notado ni en un millón de años.

Cumplimentó rápidamente una solicitud y se la entregó a la anciana bibliotecaria.

La mujer los miró sorprendida.

—Se trata de un diario escrito a mano en alemán. ¿Sabéis leer el alemán, muchachos?

—Bu... bueno... —trató de explicar Amy, nerviosa.

—Nos hace mucha falta —dijo Dan con firmeza.

Cuando la mujer se dio la vuelta y se fue a buscar el libro, él susurró:

—Tiene que haber algo que podamos entender, un dibujo, o tal vez notas escondidas, como entre las cosas de Franklin.

Amy asintió. Incluso el más pequeño indicio era mejor que nada de nada.

Esperaron durante lo que les pareció una eternidad. De pronto, escucharon un chillido y un alarido y la bibliotecaria volvió corriendo. Tenía la tez pálida y los ojos como platos. Con sus manos temblorosas, marcó un número de teléfono y empezó a hablar en alemán frenéticamente. Los muchachos no entendían absolutamente nada, pero consiguieron comprender una única palabra, que no era buena señal: *polizei*.

—¡Está llamando a la «policía»! —susurró Amy, preocupada.

—¿Crees que se ha enterado de algún modo de que los servicios sociales de Massachusetts nos están buscando? —preguntó Dan, consternado.

—Eso es imposible. ¡Si ni siquiera le hemos dicho nuestros nombres!

Fue la propia bibliotecaria quien, angustiada, les explicó lo sucedido:

—¡Lo siento muchísimo! ¡Esto es una terrible tragedia! ¡El diario de Nannerl ha desaparecido! ¡Nos lo han robado!

CAPÍTULO 4

Nella Rossi nunca se había llevado bien con los gatos, ya desde antes de convertirse en cuidadora oficial de un mau egipcio que seguía una extraña dieta de no comer nada. La muchacha apagó su iPod y miró a *Saladin* preocupada. Esperaba que a aquellas alturas el gato ya hubiese empezado a comer, pero, por lo visto, era más obstinado de lo que parecía. Había oído rumores sobre el fuerte carácter y la entereza de Grace Cahill. Obviamente, la abuela de Amy y de Dan se las había arreglado para inculcarle esas características a su mascota.

Pero aún era más preocupante el hecho de que *Saladin* se rascase compulsivamente el cuello y las orejas. La joven lo cogió en brazos.

—¿Qué pasa, bonito? ¿Tienes pulgas?

Se paró a pensar en las pulgas y soltó rápidamente al gato. Nella estaba dispuesta a dejar a un lado la universidad y a acompañar a dos niños por el mundo en una caza del tesoro por todo lo alto, pero no soportaba los bichos.

Se oyó el ruido de una llave en la puerta y Amy y Dan entraron en la habitación arrastrando los pies.

—Vaya, vaya —dijo Nella—. ¿Una mañana dura?

—Ha sido genial —respondió Dan en un tono sarcástico—. Imagínate una casa de un millón de años sin videojuegos y cuando por fin encuentras un libro que puede serte útil, ni siquiera está allí. ¡Menuda pandilla de idiotas! Casi llaman al ejército sólo por un diario que probablemente se hayan comido las termitas hace más de un siglo.

—Las termitas comen madera, no papel —lo corrigió Amy, demasiado cansada y desanimada para pensar en un buen argumento. La muchacha levantó una bolsa—. En fin, al menos hemos traído la comida.

Nella los miró fijamente.

—¿Hamburguesas? Estamos en Austria, la tierra del schnitzel, el sauerbraten, los espárragos blancos y los mejores pasteles del mundo, ¿y vosotros traéis comida rápida americana? Me lo esperaba de ti, Dan, pero ¿tú, Amy?

Dan cogió una hamburguesa, encendió la tele y se tiró en el sofá.

—¡Espárragos blancos! ¡Como si los verdes no fueran lo suficientemente asquerosos! Si parecen puros empapados...

El televisor se encendió y la imagen crepitó hasta volverse nítida. En ese momento los tres jóvenes se quedaron boquiabiertos.

Un atractivo adolescente llenaba la pantalla; su aspecto era deslumbrante e iba vestido a la última moda hip-hop. Con una sonrisa de oreja a oreja que dejaba ver sus treinta y dos blanquísimos dientes, ofrecía una conferencia de prensa. Una bandada de periodistas y una multitud de admiradores lo acogían con entusiasmo. El joven se sentía como un pez en el agua con su fama, ¿y por qué no? Su *reality show* era el más visto, su *single* era el número uno de las listas, era dueño de una línea de ropa que estaba de moda, vendía conocidos libros para niños, además de muñecos de acción, cuchillos de recuerdo e incluso su propio dispensador de caramelos.

Su nombre era Jonah Wizard: estrella internacional y magnate, primo de los Cahill, rival en la búsqueda de las 39 pistas.

—¡Jonah! —exclamó Amy. La joven frunció el ceño preocupada. La ponía de los nervios pensar en los otros competidores. Parecía que a los demás les iba mucho mejor que a ellos, tenían fama, músculos, experiencia, entrenamiento y montañas de dinero. ¿Cómo podían competir contra eso un par de huérfanos insignificantes? Aguzó la vista para fijarse en la fecha que se veía en la esquina inferior de la pantalla.

—¡Esto se grabó ayer! ¿Qué está haciendo él en Viena?

—Está en medio de una gira promocional —respondió Nella—. El DVD europeo de *¿Quién quiere ser un gángster?* sale a la venta esta semana.

—¡Eso es sólo una tapadera! —exclamó Dan—. Está aquí porque sabe que la siguiente pista está relacionada con Mozart. Tal vez haya encontrado algo que dejásemos atrás en París.

—O quizá se haya aliado con los Holt —añadió Nella—. Ellos seguro que comprobaron hacia dónde se dirigía nuestro tren.

Amy miró detenidamente a su primo en la televisión. ¿Por qué le parecía tan familiar esa calle? De repente, se dio cuenta.

—Dan... ¡es Domgasse!

Dan se fijó en la imagen de la pantalla.

—¡Es verdad! ¡Mozarthaus está a cuatro pasos de ahí! Y mira... es esa vieja bibliotecaria, ¡la que llamó a la CIA por un libro desaparecido!

Nella hizo un gesto al ver a la encorvada anciana.

—No encaja con la idea que tenía del típico fan de hip-hop.

Amy se encogió de hombros.

—Supongo que cualquiera estaría interesado en echarle una ojeada a una superestrella como él—dijo la joven suspirando profundamente—. ¡Chicos, ya lo tengo! ¿Y si no es casualidad que Jonah escogiera ese lugar para su conferencia de prensa? ¿Y si la celebró ahí para crear una distracción y poder robar el diario de Nannerl en Mozarthaus?

—Eso tendría sentido —dijo Dan, pensativo—, si no fuera porque él está ahí en la pantalla, rodeado de veinte cámaras, y no está robando nada.

Amy sacudió la cabeza; cada vez lo veía más claro.

—¿Cuándo hemos visto a Jonah sin que su padre esté detrás de él, hablando por dos móviles a la vez o haciendo negocios desde su móvil? Fijaos bien, ¿dónde está papá en esta conferencia?

Dan ató cabos.

—¡Jonah ofreció la conferencia para darle a su padre la oportunidad de colarse en Mozarthaus y hacerse con el diario! Amy, tenías razón... ¡el diario es importante!

—Sí, y ahora está en manos de nuestro enemigo.

—Qué mala suerte —confirmó Dan—. Se nos han adelantado por un solo día. —Sus ojos empezaron a brillar como si se le estuviese ocurriendo una idea—. Ellos lo han robado del museo, ¿por qué no podemos nosotros robárselo a ellos?

—Un momento —interrumpió Nella bruscamente—. Hay una diferencia muy grande entre buscar pistas y andar por ahí robando. Vosotros no sois unos ladronzuelos.

—Pero Jonah y su padre sí —replicó Dan—. Si vamos a competir con ellos, tenemos que estar dispuestos a hacer lo que ellos hagan.

Nella permaneció impasible.

—Mientras yo sea vuestra niñera...

—¡Canguro! —exclamó Dan enérgicamente.

—... no voy a quedarme de brazos cruzados y dejaros cruzar al lado oscuro.

—¡Entonces perderemos! —protestó el joven.

Amy tomó la palabra, con un aire solemne.

—Por mucho que odie estar de acuerdo con Dan, creo que tiene razón. Sé que robar no está bien, pero esta competición es demasiado importante como para que nos preocupemos por ser los buenos de la película. Es nuestra oportunidad para influir en la historia de la humanidad: ¡podríamos cambiar el mundo de arriba abajo!

—Podría ser una oportunidad para cambiar el mundo —corrigió Nella—. Eso es lo que el señor McIntyre dijo. Pero también dijo que no os fiaseis de nadie, y eso lo incluye también a él.

De repente, Amy sintió cómo sus ojos se llenaban de lágrimas, aunque se las arregló para no llorar. El asunto era demasiado importante como para andar con lloriqueos.

—Apenas conocimos a nuestros padres antes de que muriesen. Grace era todo lo que teníamos, pero ahora ella tampoco está. Este concurso es un acontecimiento importante para todos, pero para nosotros, es todo lo que tenemos. No podemos hacer esto a medias. Tenemos que seguir adelante y eso implica buscar pistas estén donde estén... Aunque estén en la habitación de hotel de otro.

Nella permaneció en silencio. Amy tragó saliva y siguió hablando.

—Tú no eres una Cahill, así que no tenías por qué arriesgarte con todo esto. Pero si no vas a poder dormir en paz con todo lo que nosotros necesitamos hacer, tendremos que buscar el modo de seguir adelante sin ti.

Dan miraba a su hermana con los ojos desorbitados. El camino que tenían por delante se volvería instantáneamente veinte veces más difícil, complicado y peligroso sin Nella. La presencia de un adulto era esencial para cada uno de los pasos que daban, cada frontera que cruzaban, cada habitación de hotel en la que se quedaban. Ellos ya eran los hermanitos desamparados de la competición. Si se quedasen solos, les haría falta un milagro sólo para poder desplazarse de un lugar a otro, todos y cada uno de los días.

Nella observó a los niños Cahill. Estaba acostumbrada a la impulsividad de Dan, pero Amy era la niña de catorce años más sensata que había conocido. De repente, se sintió abrumada por una oleada de afecto y orgullo.

—¿Crees que podréis libraros de mí tan fácilmente? —preguntó ella—. Por nada en el mundo. Tal vez éste sea vuestro juego, pero aún soy yo la que pone las reglas. Estáis de broma si pensáis que voy a dejar que le robéis a una superestrella sin mí. Trae una silla... tenemos un gran golpe que planear.

El Royal Hapsburg Hotel se encontraba en el corazón del distrito Landstrasse de Viena, el núcleo de la poderosa élite austríaca. El edificio había sido una vez un palacio real del antiguo Imperio austrohúngaro. Los focos hacían que el mármol blanco y los adornos dorados de la fachada brillasen contrastando con el cielo de la noche.

—¿Estás segura de que es este hotel? —preguntó Dan mientras rodeaban el edificio.

—Tiene todos los números —le respondió Amy—. Es el más opulento, lujoso y caro de la ciudad. ¿Dónde iba a alojarse si no? —La joven señaló la magnífica entrada del hotel, que estaba atestada de periodistas y fotógrafos—. ¿Necesitas más pruebas?

—La fiesta de lanzamiento del nuevo DVD de Jonah es a las ocho —añadió Nella—. Lo más probable es que baje un rato a charlar con los periodistas y que después se dirija a Eurotainment TV, que es quien presenta el espectáculo. El periódico decía que todas las celebridades estarían allí.

Dan hizo un gesto de incomodidad.

—Pensaba que después de conocer a Jonah Wizard en París habrías dejado de adorarlo.

—Estoy ayudándoos a robarle, ¿no? Lo que intentaba decir es que cuando baje, será seguro entrar en su habitación.

Justo en ese momento, como si lo hubieran planeado, un Bentley blanco conducido por un chófer aparcó delante de la entrada, a la espera de su pasajero VIP. Hubo un revuelo entre los periodistas y la mismísima estrella surgió del hotel. Su siempre presente padre estaba medio paso detrás de él. Los flashes de las cámaras iluminaron la noche.

—¡Rápido! —dijo Amy entre dientes—. ¡No podemos permitir que nos vea!

Se escondieron detrás de un quiosco y miraron cómo Jonah dialogaba con la multitud.

—¿Cómo os va, gente?... Gracias por haber venido... Os agradezco vuestros... artículos.

Detrás de él, los pulgares de su padre se veían borrosos de lo rápido que se movían mientras escribía mensajes en su móvil, probablemente compartiendo la elocuencia de las palabras de su hijo.

El pelotón de periodistas empezó a bombardear a la celebridad con preguntas.

—Jonah, ¿habrá alguna sorpresa en la versión europea del DVD?

—¿Es cierto el rumor de que estás saliendo con alguien?

—¿Sabías que la patada de *kung fu* de tu muñeco de acción no ha pasado la inspección de seguridad?

Jonah respondió a las preguntas con su estilo habitual, como tratando de sonar entre hip-hop urbano a la par que campechano.

A Amy no le caía bien, pero no podía evitar maravillarse ante su facilidad de palabra y su habilidad para tratar con los *paparazzi*.

Así, la joven estrella siguió charlando con los periodistas ofreciendo siempre las respuestas más adecuadas. Jonah hacía que la prensa lo adorase.

«Yo soy totalmente lo opuesto a eso», reflexionó la muchacha. La simple idea de hablar delante de una gran multitud ya la aterrorizaba.

—¡Eh, Jonah! —lo llamó un periodista—. Estás en la cumbre del mundo con sólo quince años. ¿Te preocupa el hecho de que ya no puedas ascender más y empieces a caer?

La joven celebridad mostró una enorme sonrisa.

—Tranquilo, amigo. ¿Quién dice que he llegado a la cumbre? Si hasta soy un segundón en este hotel. El Gran Duque de Luxemburgo también se aloja aquí. No me malinterpretes, sé que soy bastante famoso y todo eso, sin embargo creo que la realeza supera el tener tu propio dispensador de caramelos.

—Vámonos —masculló Nella—. Tanta modestia me está dando náuseas.

Mientras Jonah seguía cautivando a la multitud, los Cahill y Nella se escabulleron por detrás de una esquina y se colaron en el hotel por una entrada lateral.

Pasaron por delante de un conjunto de ascensores con adornos dorados y atravesaron una puerta que tenía una señal en alemán.

—«Sólo empleados del hotel» —tradujo Nella en un susurro.

—¿Hablas alemán? —masculló Amy sorprendida.

—Conocimientos básicos, más que nada —respondió la joven encogiéndose de hombros—. Mira: el montacargas.

Corrieron hasta el sótano, donde encontraron un laberinto de pasillos.

Amy tenía miedo de que alguien pudiese salir de detrás de una puerta o de una esquina y la atrapase. El temor la helaba desde dentro, era como si alguien le hubiese inyectado nitrógeno líquido en la columna vertebral. Hacía frío allí abajo, pero no tanto como para que tuviese aquellos escalofríos.

—¿Por qué está tan vacío? —preguntó finalmente.

—La mayoría del personal trabaja en el turno de día —supuso Nella—. ¡Bingo! —añadió la joven, mientras los conducía hacia una estancia que parecía un vestuario. Ella escogió un uniforme de camarera de un enorme perchero, se escondió detrás de un biombo y se lo puso rápidamente.

—¿Quieres que te guarde el *piercing* de la nariz? —sugirió Amy tímida.

—¡De eso nada! —respondió Nella—. Esa panda de estirados necesita que alguien los espabile. Vamos.

La joven metió su ropa y a Amy y a Dan en un carrito de servicio, sobre el que puso unas cuantas sábanas y toallas para ocultar a los pasajeros.

—¿Cómo vamos a saber en qué habitación está? —susurró Dan desde su escondite, mientras Nella se dirigía con el carrito de nuevo hacia el ascensor.

—En la suite real, por supuesto —murmuró la niñera—. Una habitación de menos categoría no sería suficiente para ese engreído, ¿no creéis? Ahora a callar, que la colada no habla.

El ascensor los llevó al ático del hotel, en la planta diecisiete. Nella empujó el carrito por el pasillo y se paró delante de la suite 1700, que exhibía una corona dorada en la puerta. Sabiendo que los Wizard iban de camino a la fiesta, recogió descaradamente la llave de la bandeja y la introdujo en el lector.

Se oyó un pitido, la luz verde se iluminó y ya estaban dentro.

—Vaya... —susurró la niñera—. Así que éste es el estilo de vida de los ricos y famosos.

La habitación era digna de un palacio y los muebles eran antigüedades propias de un museo: los sofás y butacas eran del estilo del siglo XIX, suaves, mullidos y tapizados con terciopelo azul, y había también delicadas lámparas y vasijas de origen chino. En general, se respiraba un ambiente de riqueza y abundancia.

La muchacha se agachó y justo cuando estaba a punto de dejar salir a los Cahill de su escondite, una voz con un acento muy pronunciado preguntó:

—¿No debería una camarera llamar a la puerta de su Alteza Real?

CAPÍTULO 5

Sobresaltada, Nella empujó a sus pasajeros de nuevo debajo de las sábanas.

—Oh, lo siento —consiguió decir—. Pensé que la suite estaría vacía. Me han encargado cambiar las toallas de la habitación de los Wizard.

—Querida muchacha, ésta es la habitación de su Majestad el Gran Duque de Luxemburgo —respondió el hombre con aire de desprecio—. El actor de televisión americano se aloja en la suite del piso de abajo... montó un gran escándalo al respecto, he de añadir.

Nella empezó a empujar el carrito hacia la salida.

—Lo siento, señor. No le molestaré más.

—Un momento, por favor. Ya que está aquí, la alcoba de su Alteza también necesita ropa limpia.

Nella continuó empujando el carrito.

—Vaya... pero necesito ir a la suite de los Wizard inmediatamente.

—No diga tonterías, le llevará sólo un momento. Hay también otros asuntos que requieren de su atención. Tenga la amabilidad de seguirme hasta el baño.

—En seguida voy —respondió la joven, que se inclinó hacia el carrito, entregó la llave a la mano más próxima y susurró—. Cuando oigáis mi voz en la habitación de al lado, ¡salid de aquí!

—¿Y tú qué harás? —preguntó Amy.

—Ya me las arreglaré. Vosotros conseguid el diario. Nos vemos en el hotel. ¡Tened cuidado!

Nella se alejó y, al rato, los jóvenes la oyeron decir en voz alta: «¡Este cuarto de baño es más grande que todo mi apartamento!».

Las sábanas empezaron a volar, Amy y Dan salieron del carrito y se deslizaron sigilosamente por la puerta.

—La habitación de Jonah se encuentra en la planta de abajo —dijo Dan.

Los jóvenes corrieron escalera abajo.

La puerta de la suite 1600 era idéntica a su homóloga de arriba, pero no tenía corona.

—Pobre Jonah —dijo Amy irónicamente cuando entraron en la habitación—, esto parece casi un tugurio.

Si las habitaciones no eran tan opulentas como las del gran duque, Amy y Dan fueron incapaces de encontrar las diferencias. La suite era enorme y estaba decorada con mucha elegancia. El suelo de mármol relucía y las suntuosas alfombras estaban tejidas a mano. Todos los jarrones y ceniceros del mobiliario parecían haber sido colocados allí por un artista.

—Comparado con esto, nuestra casa en Boston parece un cuchitril —observó Dan.

Amy suspiró.

—Yo no necesito una vida llena de lujos, pero a veces me fastidia que nuestros competidores sean tan ricos.

—Grace era rica —dijo Dan frunciendo el ceño al recordar cómo el fuego había destruido la mansión de su abuela el mismo día de su entierro—. En fin, de todos modos, prefiero ser pobre y normal antes que un idiota millonario como Jonah o los Cobras.

—Ya, pero el dinero es una ventaja importante en una competición como ésta —respondió su hermana desolada—. Puede abrir muchas puertas que nosotros tendremos que apañarnos para abrir de otra manera. Nos sacan mucha ventaja, Dan.

—Para eso está el ingenio —dijo su hermano inspeccionando el lujoso salón—. Bien, si yo fuera un idiota estirado y pusiese mi cara en dispensadores de caramelos, ¿dónde escondería el diario que he robado?

Amy no pudo evitar sonreír.

—Será mejor que busquemos por todas partes.

Empezaron a examinar la enorme suite, buscando debajo de las almohadas, en los cajones, detrás de las cortinas y en los armarios.

—Oye, mira esto. —Dan sacó un muñeco de acción de unos quince centímetros de una caja: Jonah Wizard con unos vaqueros de rapero plastificados y una sudadera con cremallera—. No se parece demasiado —comentó—, es mucho más feo en la vida real.

—¡Deja eso donde estaba! —chilló Amy mientras rebuscaba en un cajón—. Es suficiente con que hayamos tenido que colarnos en su habitación. No necesitamos robar sus tontos juguetes.

—Es para mi colección —se quejó Dan—. Tiene una caja entera llena de ellos. Eh, éste debe de ser el de la patada de *kung fu*.

El muchacho pulsó el botón y vio al muñeco levantar la pierna.

—¡Vaya! No me extraña que lo estén retirando del mercado. ¡Se podrían abrir nueces con esta cosa!

—¡Mira! —Amy movía los ojos agitada y le dio la vuelta al muñeco que Dan sostenía. Al activar la patada, se iluminaron unas letras y números rojos en la parte de atrás de la cinta del pelo del muñeco—. GR63K1 —leyó la joven casi sin aliento—, ¡es una especie de código secreto!

Dan soltó una carcajada en su cara.

—Para ser una estudiante de sobresaliente, a veces puedes ser bastante idiota. Claro que es un código... ¡para descargar gratis un salvapantallas de Jonah Wizard de su página web! No se cansan de anunciarlo en la tele a todas horas.

Su hermana, avergonzada, se ruborizó.

—Será que no veo la tele tanto como tú —masculló ella, volviendo a la búsqueda. Dan metió el muñeco en su bolsillo y se unió a ella.

La suite tenía cinco habitaciones: el salón, dos dormitorios, un vestidor y la cocina. Revisaron cada centímetro de la estancia, pero no encontraron nada. La habitación principal tenía una caja fuerte, pero estaba desbloqueada y vacía. Tampoco encontraron nada tras revisar la cocina y el minibar.

—No creerás que se lo ha llevado consigo, ¿verdad? —preguntó Dan alarmado.

Su hermana movió la cabeza.

—No llevaría un objeto tan codiciado como ése a un lugar donde todas las cámaras de Europa lo van a estar grabando. Está aquí, sólo tenemos que encontrarlo.

—¿Dónde buscamos? —A Dan se le estaba acabando la paciencia—. Estamos casi a oscuras, ¿no te parece? ¿Por qué pondrán siempre veinte capas de cortinas en las ventanas en estos hoteles pijos?

El muchacho encendió la luz y una enorme lámpara de cristal brilló encima de sus cabezas. Amy y Dan respiraron entrecortadamente. En el centro de aquel armatoste de luz colgaba una especie de cesta de cristal en el interior de la cual se veía la inconfundible silueta oscura de un libro que contrastaba con la claridad.

—¡El diario! —dijeron al unísono.

Dan fue a buscar una silla.

—¡Es demasiado baja! —gritó su hermana—. Ayúdame con la mesa.

Cogieron la pesada mesa de cristal y la arrastraron hasta debajo de la lámpara. Dan se subió encima, pero aún no era lo suficientemente alto.

—Pásame la silla.

Al poco rato, Amy estaba también sobre la mesa, sujetando a su hermano, que se alzaba de puntillas sobre dos guías telefónicas colocadas encima de la silla.

El joven tenía el brazo estirado entre las sartas de cristales tratando de alcanzar el libro, hasta que, por fin, consiguió tocar la cubierta de cuero.

—¡Lo tengo! —dijo mientras sacaba el diario de Maria Anna «Nannerl» Mozart.

A Nella, el trabajo de niñera de los hermanos Cahill le había proporcionado experiencias que nunca antes habría podido imaginarse. Ésta era una de ellas: fregar a cuatro patas el inodoro de un gran duque.

«Aquí no hay ningún tipo de moho», pensó amargada. Tal vez la realeza pudiese detectar las manchas que las personas normales no podían ver, como en el cuento «La princesa y el guisante».

«El gran duque y la taza.» Un título con gancho.

Una cosa era cierta: Amy y Dan le debían un gran favor por aquello. Se preguntaba si ya habrían conseguido encontrar el diario. Deseaba que hubiera alguna manera de saber si la misión había tenido éxito, así podría entregarle la escobilla del retrete al asistente del gran duque y salir de aquel circo de cinco estrellas.

Frunció el ceño cuando sus pensamientos se volvieron más oscuros: que hubiesen cogido o arrestado a los niños, o incluso algo peor. ¿Quién sabía qué peligros habría ahí afuera en ese juego a todo o nada? La seguridad del hotel ya asustaba bastante, pero ¡los primos Cahill eran capaces de cualquier cosa! El ganador de aquella competición podría literalmente gobernar el mundo. Muchos dementes habían hecho cosas horribles con tal de conseguir un premio como ése. ¿Tendrían alguna oportunidad dos niños tan jóvenes?

Sus inquietos pensamientos se esfumaron cuando una voz poco amistosa anunció por encima de su hombro:

—Usted no trabaja para nosotros, *Fräulein*. ¿Qué está haciendo en esta suite?

A la muchacha le dio un vuelco el corazón. Se dio la vuelta y vio a un hombre uniformado al lado del asistente del gran duque. Ella mantuvo su tapadera:

—Por supuesto que trabajo aquí. ¿Cree que me cuelo en los hoteles por el simple placer de fregar los retretes de desconocidos?

—Usted no trabaja aquí —repitió el hombre muy serio.

—¿Conoce usted a cada uno de los empleados? —preguntó Nella desafiante.

—No —admitió el guardia—, pero usted lleva un *piercing* en la nariz y eso va contra la política de la empresa. Tendrá que acompañarme.

Nella reflexionó. No sabía muy bien en qué tipo de problemas se había metido, ya que era una extranjera en el país. ¿Qué les pasaría a Amy y a Dan si la deportasen?

—Está bien, me ha descubierto. Estoy aquí por error, yo quería entrar en la suite de Jonah Wizard. ¡Soy su mayor admiradora y tengo que conocerlo! Pero parece que he entrado en la habitación equivocada.

Los ojos del hombre estaban clavados en los de ella.

—¿Y está sola en este crimen o tiene cómplices?

—Estoy totalmente sola —respondió la joven, tal vez demasiado rápido— y amar a Jonah Wizard no es un crimen. Él es simplemente el mejor...

Un enorme golpe que parecía provenir de la suite situada inmediatamente debajo retumbó en todo el edificio.

El guardia de seguridad clavó la mirada en Nella.

—¡La suite de los Wizard! *Fräulein*, espero que esto no tenga nada que ver con usted, o me encargaré de que disfrute durante una larga temporada de la hospitalidad austríaca.

—Dan, ¿te encuentras bien?

El muchacho estaba tumbado en el suelo de la estancia, sobre los restos de la silla, encima de los restos de la mesa.

Gimoteó y se incorporó. Agarraba el diario con fuerza como si fuese un balón de fútbol.

—¿Qué ha pasado?

—No estoy segura —respondió Amy, que también se tambaleaba. Gateó hacia su hermano y lo miró de arriba abajo comprobando que no se había lastimado—. Una de dos. O la silla se ha roto y hemos caído sobre la mesa y la hemos partido, o si no, ha sido la mesa la que se ha roto primero y por eso ha acabado así la silla. No importa, tenemos que salir de aquí. Seguro que más de medio hotel ha oído el golpe.

En el preciso momento en que salían de la suite 1600, un guardia de seguridad uniformado salió de debajo de la escalera, llevando consigo nada más y nada menos que a Nella.

No había manera de que pudieran pasar desapercibidos. La puerta aún estaba abierta detrás de ellos y los destrozos se podían ver perfectamente desde el pasillo.

Los Cahill echaron a correr y se escondieron a la vuelta de una esquina, fuera de la vista. El guardia se preparó para perseguirlos, pero Nella lo agarró del brazo y le dio un tirón que casi le disloca el hombro.

—¡No puede marcharse! ¿Y si Jonah está ahí tirado desangrándose?

El guardia estaba muy enfurecido.

—¡Estúpida niña! ¡Tu héroe ni siquiera está en el hotel! —dijo el hombre, que sacó un *walkie-talkie* de su cinturón y empezó a hablar rápidamente en alemán.

Nella se tragó el nudo que tenía en la garganta. El hombre estaba situando a un guardia en el ascensor y a otro al final de la escalera del edificio.

Amy y Dan estaban atrapados.

CAPÍTULO 6

Cuando se abrieron las puertas del ascensor, los Cahill corrieron tan rápido que casi se lo pasan de largo. Amy se detuvo primero, agarró a su hermano y los dos entraron. Ella presionó la V y se quedaron ahí de pie, respirando hondo mientras descendían. Sus ojos ansiosos miraban en la pantalla los números de las plantas por las que iban pasando.

De repente, Dan presionó el número dos.

—Tal vez nos estén esperando en el vestíbulo —explicó, tenso.

—¡Pero la salida está ahí! —gritó Amy—. ¡No se puede salir por la segunda planta!

—Seguro que sí que se puede. —Las puertas se abrieron, Dan agarró a su hermana y los dos salieron a la segunda planta, donde estaban los salones de baile y las salas de reuniones.

Ella estaba histérica.

—Pero ¿cómo?

—Saltando.

Amy lo miró fijamente.

—¿Has perdido la...?

Tomaron una curva en el pasillo y la parte frontal del hotel apareció ante ellos detrás de unas inmensas cristaleras. Dan abrió las puertas correderas y los dos salieron a un pequeño balcón de piedra.

—¡Es imposible! ¡No pienso saltar! ¡Vamos a rompernos las piernas!

—¡Mira abajo! —ordenó el muchacho.

Seis metros más abajo se extendía un toldo que cubría toda la entrada principal.

Dan pasó una pierna al otro lado de la verja de piedra.

—Es pan comido —dijo, tratando de sonar más seguro de lo que realmente estaba—. Un salto más corto que desde los trampolines de la piscina.

—Pero ¡sin agua!

El muchacho se dejó caer y Amy lo miró con horror, pensando que se rasgaría la tela y que su hermano se caería sobre el cemento y se rompería varios huesos. Sin embargo, el toldo aguantó.

Mirando a su hermana con una gran sonrisa, el muchacho se agarró al borde del toldo, buscó un soporte de acero y descendió por él hasta llegar al suelo; una vez allí, saludó a la joven con la mano.

Amy nunca había experimentado tantos miedos distintos al mismo tiempo: miedo a ser capturada, miedo por lo que pudiera pasarle a Nella, miedo por su hermano, que era demasiado estúpido como para saber qué no podía hacerse, y auténtico terror a saltar desde un balcón situado en un segundo piso a una frágil telita.

—¡Date prisa! —gritó el muchacho desde abajo.

—No puedo hacerlo... Es que no puedo...

El sentimiento de vergüenza era casi tan sobrecogedor como el de terror. ¡Menuda Cahill era ella! El futuro del mundo entero estaba en juego y ella no se atrevía a dar un salto de unos metros, ni siquiera después de ver cómo lo hacía su hermano de once años. Sería mejor que le dejase el diario a Jonah, o a los Holt, o incluso a los Kabra. Su abuela se había confundido con ella, pues Amy no estaba hecha de esa madera.

«Lo siento, Grace.»

Fue ese mismo pensamiento el que detonó la reacción explosiva de la muchacha. Se encontró a sí misma en el aire antes de decidir que iba a tirarse. Cayó sobre la tela como un trapecista que se equivoca y cae sobre la red. Segundos después, Dan la ayudó a bajar a la calle.

Estaban en un taxi y ya se habían alejado varios bloques cuando uno de los dos se atrevió a hablar.

—Nella... —dijo Dan.

—Lo sé...

Su pequeña habitación en el Hotel Franz Josef parecía lúgubre y aún más pequeña después de ver las habitaciones del Royal Hapsburg. La bienvenida que les dio *Saladin* no ayudó demasiado a subirles el ánimo. El mau egipcio seguía rechazando la comida para gatos y, de hecho, había esparcido su comida por toda la alfombra. El ambiente apestaba a pescado. Además, se había rascado más que nunca y ya casi tenía el cuello completamente pelado.

Los hermanos Cahill estaban exhaustos, pero ninguno de los dos pensó en dormir. Nella era lo más importante ahora. Habían estado tan concentrados en las 39 pistas que no habían tenido en cuenta todo lo que su niñera había tenido que dejar para poder seguir con ellos y ayudarlos. Había dejado su vida colgada, había viajado a miles de kilómetros de su casa e incluso había pagado muchos de sus gastos con su tarjeta de crédito. Los muchachos tenían toda la intención de devolvérselo, pues tenían algunas joyas de Grace que probablemente valían un montón de dinero. Pero las joyas se podían perder o incluso alguien las podía robar y tampoco había nada que garantizase que fueran a ganar la competición. Ni siquiera podían garantizar que fuesen a sobrevivir.

Ahora Nella había desaparecido... La habían cogido y lo más probable era que la hubiesen arrestado. No había nada que Amy o Dan pudiesen hacer por ella, tan sólo esperar.

A las dos de la mañana los niños estaban aún sentados, mirando en la televisión un capítulo de *La isla de Gilligan* doblado al alemán. La repentina llamada a la puerta hizo saltar los nervios a flor de piel de los jóvenes, que salieron disparados corriendo a abrir la puerta y casi chocan el uno contra el otro.

—¡Nella! —gritó Amy—. Por fin...

En el pasillo se encontraron con Irina Spasky, una prima rusa Cahill. Otra contrincante en la búsqueda de las 39 pistas con la que había que tener mucho cuidado. Se rumoreaba que era una despiadada, eficiente y potencialmente mortal ex agente de la KGB, la policía secreta de la Unión Soviética.

Irina fue directamente al grano:

—Vuestra niñera ha sido detenida por las autoridades vienesas.

A Dan se le pusieron los pelos de punta.

—¿Cómo lo sabes?

Irina hizo un gesto, lo más parecido a una sonrisa que jamás se había visto en ella.

—Yo he escoltado armas de plutonio a través de túneles secretos bajo el Muro de Berlín. Creo que soy capaz de ver por la ventana de un coche de policía, pero si no necesitáis mi ayuda...

Amy se apresuró a detenerla.

—¿Puedes ayudar a Nella? ¿Cómo?

Irina parecía incómoda.

—Eso no es de vuestra incumbencia. Lo que importa es que os la traiga.

—¡Tienes razón, cómo lo consigas es cosa tuya! —respondió Amy rápidamente—. Basta con que la traigas. ¡Gracias!

—Necesito algo más que palabras como agradecimiento. ¿Qué os parece el objeto que habéis sustraído de la habitación de nuestro detestable primo Jonah Wizard?

—¡De eso nada! —le gritó Dan.

—Un consejo. —Irina se dirigía a Amy—: No deberías dejar que este impulsivo muchacho hable por ti. Es más, creo que no deberías dejarle hablar siquiera. En la KGB pudimos comprobar que la cinta adhesiva es efectiva a la par que asequible.

Amy inclinó la cabeza, decepcionada. Habían arriesgado sus vidas para conseguir ese diario. Además, el hecho de que Irina estuviera interesada en él probaba sus sospechas de que era importante. Pero no podían dejar que Nella fuera a la cárcel por ellos. Si la prima rusa podía liberarla, no tenían otra opción que aceptar el trato.

—En seguida te lo traigo —accedió Amy entristecida.

—Ya voy yo —suspiró Dan.

Amy, sorprendida, vio cómo su hermano sacaba algo de su mochila en la habitación, pero en lugar de coger el diario de Nannerl, cogió el muñeco de acción de Jonah Wizard que tenía en el bolsillo de su chaqueta y que había recogido en la suite 1600.

«Va a intentar darle gato por liebre.» A Amy le costó contener su pánico cuando Dan le ofreció el juguete a Irina.

La ex agente de la KGB no hizo ningún movimiento para cogerlo.

—¿Un juguete para niños? ¿Intentas tomarme el pelo?

Dan se encogió de hombros.

—Nos has pedido que te diéramos lo que trajimos de la habitación de Jonah. ¿Ya no lo quieres?

«No lo intentes —quería gritar Amy—. ¿Y si Irina sabe lo que está buscando?» La joven miraba a su hermano implorándole que no siguiera adelante.

Él no entendió el mensaje.

—Parece que es tan sólo un muñeco de acción —le explicó a Irina—, pero mira esto.

El muchacho sujetó el muñeco de manera que al pulsar el botón, la pierna de la figura golpease el dedo de Irina con su patada de *kung fu*.

La ex espía no produjo ni un sonido, pero tenía una vena hinchada en la frente que parecía que iba a estallar de un momento a otro; además, sus ojos mostraron ansia cuando vio el código de la página web iluminado en la parte de atrás de la cinta del pelo del muñeco.

—¿Ves? —preguntó Dan—. Es...

—No hace falta tanta charla para una transacción de negocios. —Arrancó el muñeco de las manos del niño y lo miró con otros ojos, mostrando más respeto.

—Teníamos un artefacto similar en la KGB —admitió la rusa, examinando su dedo, que se había hinchado rápidamente—. Rudimentario pero efectivo. Vuestra niñera no tardará en estar de vuelta.

Y se marchó tan rápido como había llegado.

Amy temblaba cuando se volvió hacia su hermano.

—¡No me puedo creer que hayas hecho eso! ¿Y si Irina hubiese sabido algo del diario?

—No sabía nada —replicó Dan.

—¡Pero podría haberlo sabido! ¡O lo del código! ¡Podría haber visto el anuncio del salvapantallas!

Él estaba tranquilo.

—Dudo que Irina vea el canal de dibujos animados.

—¡Acabas de timar a una espía rusa! ¡Podría matar a Nella, y a nosotros también!

Dan estaba indignado.

—Cómo es posible que te enfades conmigo por cosas que no han pasado? Por si no te has dado cuenta, ¡acabo de hacer algo bueno! Aún tenemos el diario e Irina va a traernos a Nella. ¿Crees que se fugará de la cárcel como en las películas? Es una pena que no podamos verlo.

Amy parecía malhumorada.

—No quiero ni imaginarme de qué es capaz una ex agente de la KGB. Haga lo que le haga a la policía vienesa, también puede hacérnoslo a nosotros en cualquier momento.

El muchacho no pudo evitar sonreír.

—Pero justo ahora, esta noche, hemos sido mejores que ella. ¡Esto hay que celebrarlo!

—¿Qué es lo que hay que celebrar? —dijo una voz cansada que provenía de la puerta de la habitación.

—¡Nella! —Amy dio un salto y rodeó a la niñera con sus brazos, después dio un paso hacia atrás y frunció el ceño.

—¿Cómo se las ha arreglado Irina para sacarte de allí tan rápido? Si se ha marchado hace sólo cinco minutos.

—No me ha liberado nadie —respondió Nella—. Me han dejado marchar porque creen que soy una fan trastornada de

Jonah Wizard. Por lo visto, el hotel está lleno de admiradores. Incluso un par de idiotas han saltado desde el balcón de la fachada principal, ¿os lo imagináis?

—Como si lo estuviera viendo en vivo y en directo —respondió Amy en tono amargado.

—¡Esa perversa marginada de la KGB! —exclamó Dan enfurecido—. ¡No puedo creer que me haya engañado... justo cuando yo la engañaba a ella!

—Bueno, ha sido una noche muy larga —dijo Nella mientras bostezaba—. Esos pijos del hotel no me dejaban marchar sin devolverles su precioso uniforme de camarera, así que los policías me han arrastrado de nuevo al hotel para buscar mi ropa. Yo la había dejado en el carrito, pero ahora estaba en el sótano con otros cincuenta carritos más. Y encima después, como no quería traerlos hasta vosotros, les he pedido que me dejaran en el Hotel Wiener, así que he tenido que venir caminando hasta aquí. Pero no os preocupéis, no ha empezado a llover hasta el último kilómetro —añadió, mientras se secaba el pelo con la manga de su camiseta—. ¿Soy yo o aquí huele a pescado?

—Tenemos el diario —le dijo Amy entusiasmada—. Pero ahora, ¡a dormir! Mañana por la mañana podremos hojearlo. Sabemos que los Holt, Irina y Jonah nos pisan los talones, así que si queremos mantenernos a la cabeza tenemos que actuar rápido.

Cuando Jonah Wizard y su padre regresaron exaltados por el éxito de la fiesta de lanzamiento del DVD, se encontraron con un equipo del personal de mantenimiento del hotel barriendo trocitos de cristal del suelo de mármol de su suite.

Los dos corrieron hacia la lámpara donde habían escondido el diario de Nannerl. La oscura silueta ya no estaba allí. Unos filamentos de cristal que se habían roto colgaban de la estructura.

—¡Prometieron ofrecernos máxima seguridad! —le gritó enfurecido el señor Wizard al director del hotel, que se había levantado de la cama especialmente para disculparse ante uno de sus más importantes huéspedes.

—Creemos que no ha habido daños, *mein Herr* —respondió el director, tratando de suavizar la situación—. La muchacha estaba enamorada de su hijo, él tiene tanto talento que produce este efecto en las jovencitas, ¿no?

Los Wizard no se creyeron ni una sola palabra. No era un simple fan el que había entrado en la suite y les había robado el diario de Nannerl Mozart. Eso sólo podía ser obra de uno de sus competidores por las 39 pistas. Se trataba de un asunto familiar.

—Veamos, amigo —dijo la joven celebridad dirigiéndose directamente al director del hotel—. Descríbame a la acosadora que me quiere tanto y que se coló en mi choza.

El director le mostró la fotografía de una ficha de la policía de Viena.

El artista frunció el ceño. Cuando vives rodeado de estrellas de Hollywood y de famosos, se hace difícil reconocer a los don nadie con los que te cruzas. De todas formas, la chica de la foto le resultaba familiar. ¿De qué conocía Jonah a aquella chica? Entonces vio el *piercing* de la nariz. Era la niñera de los niños Cahill, Nancy o Netta, o algo así.

Así que Amy y Dan habían conseguido llegar a Viena también, o incluso peor, resultaba que iban por delante de él en la búsqueda. A Jonah Wizard no le gustaba ser el segundo en nada, ni en los índices de audiencia, ni en la listas de éxitos ni, por supuesto, tampoco en aquella competición.

«Cuando estás en lo alto, tienes confianza. Esta confianza es la que te proporciona la actitud, y la actitud es lo que te mantiene en lo alto.»

El joven sintió una punzada de recelo en lo más profundo y oscuro de su mente. Sí, él era el número uno en todos los niveles, dominaba cada una de las categorías de la industria del entretenimiento. Así que se merecía ese éxito, porque se lo había ganado. Sudor, trabajo duro y talento. Así eran los Wizard.

«Aunque tampoco viene nada mal que tu madre sea Cora Wizard, una mujer con muchos contactos en todos los campos del arte...»

La superestrella hizo una mueca. ¡Por eso no podía permitirse bajar la guardia! Un pequeño obstáculo y ya empezaba a dudar de sí mismo.

«Si fracasas, aunque sea sólo una vez, se convierte en un hábito. Y antes de que te des cuenta, eres un fracasado.»

No podía permitir que los niños Cahill quedasen por encima de él.

Afortunadamente, él sabía algo sobre el diario que Amy y Dan aún tenían que descubrir.

CAPÍTULO 7

Los diarios no estaban hechos para Dan, ni siquiera cuando estaban en su idioma y pertenecían a alguien que le importase. Así que se quedó a un lado, tratando de que *Saladin* se interesase por una lata de comida para gatos, mientras Nella traducía las escrituras de Maria Anna Mozart, de caligrafía anticuada y llena de florituras.

—¿Habéis encontrado algo interesante? —les preguntó.

—Es una verdadera tragedia —respondió Amy—. Nannerl fue una de las mejores compositoras de su época y, a pesar de eso, muy poca gente ha oído hablar de ella. Era un gran genio, tan brillante en todo como su hermano. Sin embargo, en aquellos tiempos, las mujeres tenían que casarse, cocinar, limpiar y tener hijos.

Dan parecía poco interesado.

—Yo tampoco había oído hablar nunca de su hermano, al menos hasta ahora.

Nella lo miró con el ceño fruncido.

—Aun así, seguro que reconoces muchas de sus composiciones. Estamos hablando de algunas de las melodías más famosas de todos los tiempos.

—No te imaginas cuánto habría contribuido Nannerl si se

le hubiera dado la oportunidad de desarrollar su talento —añadió Amy.

—La música no me importa —replicó Dan—. ¿Contribuyó con alguna pista?

Amy movió la cabeza.

—No hay notas garabateadas en los márgenes ni nada parecido.

—Aquí pegada hay una carta de su hermano —comentó Nella—, pero parece que está hablando de cuando dejó su trabajo. Decía que quería usar el contrato como papel de baño.

—¿En serio? —se interesó Dan repentinamente—. ¿Mozart dijo eso? ¡Enséñamelo!

—Está en alemán, tonto —le dijo su hermana—. En alemán también existe una palabra que significa «papel higiénico».

—Ya, pero no creía que un tío tan pomposo como Mozart la conociese.

—¡Espera! —dijo Amy muy alarmada mientras pasaba a la siguiente página y observaba atentamente el lomo del cuaderno—. Aquí faltan páginas, dos como mínimo. ¡Mirad!

Los tres jóvenes examinaron detenidamente el diario. Amy tenía razón. El ladrón se había tomado muchas molestias para disimular su delito: el material que faltaba había sido extraído con una cuchilla muy afilada. La escisión pasaba casi inadvertida.

—¿Crees que lo ha hecho Jonah? —preguntó Dan.

—Lo dudo —respondió Amy—. ¿Para qué se iba a preocupar en esconder el diario en la lámpara si llevaba consigo las páginas importantes?

—Tal vez lo haya hecho para despistarnos y que busquemos por otro lado —sugirió Dan.

—Quizá, pero ten en cuenta que... este libro tiene unos doscientos años. Cualquiera podría haber arrancado esas páginas durante todo ese tiempo. Por lo que sabemos, podría haber sido incluso la propia Nannerl quien las cortara simplemente porque hubiera derramado tinta en ellas.

—Sin ánimo de ofenderos, chicos —comentó Nella—, he estado en contacto con vuestra familia el tiempo suficiente como para saber que aquí pone Cahill en letras bien grandes. En mi vida he visto una pandilla de traidores semejante.

—Tiene razón —dijo Dan desanimado—. Cada vez que pensamos que estamos progresando en la búsqueda, nos damos cuenta de que hay alguien que va por delante de nosotros.

—Tranquilo —respondió Amy—. La verdadera pista no es el diario, sino la música, y nosotros somos los únicos que tenemos eso. Vayamos al vestíbulo, creo haber visto un piano allí abajo.

La imagen era encantadora: la niña americana al piano y su hermano menor a su lado. Habría que ser muy quisquilloso para darse cuenta de que la partitura estaba escrita en una servilleta del Eurail y que la muchacha tocaba entrecortadamente.

—La buena de la anciana tía Beatrice —le susurró Amy a Dan— dejó de pagar mis clases de piano para poder ahorrarse cuatro duros.

La tía Beatrice era la hermana de su abuela y su tutora legal. Si Dan y Amy huían ahora de los servicios sociales del estado de Massachusetts, era por culpa de ella.

—Toca la parte nueva —sugirió Dan—, el fragmento que no forma parte de la verdadera partitura. Tal vez se abra una trampilla secreta o despertemos al genio Cahill o algo así.

Cuando la escucharon, comprobaron que se trataba de una suave y ligera melodía, completamente distinta de los tonos cargantes que la rodeaban. De repente, apareció una mujer detrás del piano cantando a pleno pulmón. La letra estaba en alemán, pero era obvio que conocía aquella melodía y que le resultaba agradable.

—¿Conoce esta canción? —exclamó Amy—. ¿Es de Mozart?

—*Nein*, no es de él. Es una vieja canción del folclore austríaco; se llama *Der Ort, wo ich geboren war*, que quiere decir «El lugar donde he nacido». Muchas gracias por tocarla, muchacha. Hacía años que no la oía.

Amy agarró a Dan y lo arrastró a una pequeña alcoba más reservada donde había una chimenea.

—¡Eso es! ¡Ésa es la pista!

—¿El qué? ¿Esa vieja canción?

—¡Es un mensaje entre Mozart y Ben Franklin!

El muchacho tenía los ojos como platos.

—Bueno, pero ¿qué quiere decir?

—Dice «ven al lugar donde he nacido». Mozart nació en la ciudad de Salzburgo, en los Alpes austríacos. Así que es ahí adonde tenemos que ir.

El coche que alquilaron era tan viejo que chirriaba en cada cruce y parecía no disfrutar de la subida a los Alpes, pero sí de las bajadas por el otro lado. Claro que tal vez Nella tuviera también algo de culpa, ya que estaba habituada a conducir coches automáticos y era la primera vez que conducía uno con marchas.

—Esto es lo ideal para una excursión a las montañas —protestó Dan.

—Oye... ¿prefieres venir corriendo detrás? —amenazó Nella. Dan contestó que sí tan rápido que ella se arrepintió de haber preguntado.

Saladin pasó mareado las tres horas del viaje, pero afortunadamente, dado que el gato llevaba tiempo sin comer, no tenía nada que vomitar.

El viaje habría sido mucho más espacioso y agradable en el tren, pero ya había sido suficiente encontrarse con los Holt en París como para arriesgarse otra vez. En un tren público sería muy fácil que alguien los viese. Era mucho más fácil pasar desapercibidos si viajaban en un coche; además, tras su último hallazgo, era muy posible que los otros equipos les estuviesen siguiendo la pista.

A pesar de los desniveles de la carretera, el paisaje era espectacular. La autovía se enredaba entre los Alpes austríacos como una cuerda atada a los pies de un gigante. Al poco rato, y de tanto sacar la cabeza por la ventana, todos tenían dolor de cuello, pero no podían dejar de apreciar los vertiginosos picos nevados.

—Esto está mucho mejor —aprobó Nella—. Si me animé a hacer este viaje con vosotros fue para ver el mundo, no el interior de una comisaría de Viena.

Incluso a Dan le impresionaban las altísimas montañas.

—¡Seguro que si tiras una bola de nieve desde lo más alto, cuando llega abajo es tan grande que podría destruir una ciudad entera!

Llegaron a Salzburgo poco después de las dos. Se trataba de una pequeña ciudad de brillantes chapiteles, arquitectura barroca y jardines pintorescos, acurrucada entre verdes colinas.

—¡Es preciosa! —exclamó Nella.

—Es más grande de lo que esperaba —dijo Amy, a su pesar—. No tenemos ni idea de qué buscar, ni siquiera de por dónde empezar.

Nella se encogió de hombros.

—A mí me parece bastante sencillo. La canción se llama «El lugar donde nací», así que compraremos una guía turística y buscaremos la casa en la que Mozart se crió.

Dan protestó incluso más alto que *Saladin*, que se quejaba constantemente.

—Oh, no... por favor. No me arrastréis hasta otra casa de Mozart. ¡Si ni siquiera me he recuperado aún de la última!

—Crece de una vez —le dijo Amy bruscamente—. No somos turistas, nosotros vamos adondequiera que estén las pistas.

—¿Y por qué no están nunca en los parques de atracciones? —dijo el joven refunfuñando. De repente, se incorporó—: ¡Mirad!

Un peatón corrió hacia la carretera y se paró justo delante del coche. Nella pisó el freno con todas sus fuerzas, las ruedas se bloquearon y el coche patinó hasta detenerse pocos centímetros antes de golpear al imprudente anciano, que se salvó por los pelos de ser atropellado.

Nella se puso como una fiera.

—¡Idiota! —gritó mientras levantaba el brazo para golpear la bocina.

Amy le agarró la muñeca.

—¡Para! —susurró, tratando de esconderse detrás del salpicadero—. ¡Mira quién es!

CAPÍTULO 8

Tres pares de ojos observaban al alto y erguido hombre asiático que cruzaba a toda prisa la calle golpeando su bastón de diamantes contra el suelo.

Alistair Oh, un familiar coreano, otro de sus competidores.

—Ya me parecía demasiado que consiguiésemos estar por delante de los otros equipos —observó Dan.

—No creo que esté aquí por el aire de las montañas —añadió Nella.

Miraron cómo el tío Alistair atravesaba la calle corriendo y se subía a un autobús aparcado en el lado opuesto de la calzada.

—Síguelo —dijo Amy rápidamente—. Veamos adónde va.

La joven dio un volantazo desde el carril izquierdo y se colocó justo detrás del autobús, mientras saludaba a todos los conductores de Salzburgo que le gritaban y pitaban.

—Una cosa —pensó Dan—, si queremos saber adónde se dirige, ¿por qué no podemos simplemente preguntárselo? Aún seguimos aliados con él desde lo de París, ¿no?

—Recuerda lo que dijo el señor McIntyre —respondió su hermana—. «No os fiéis de nadie.»

—Es cierto, pero el tío Alistair nos salvó el pellejo en las catacumbas.

Amy no parecía impresionada.

—Sólo porque tenía que ayudarnos a detener a los Kabra. Si hay algo que ya deberíamos saber a estas alturas, es que los Cahill han estado peleando entre sí durante siglos. Él sería capaz de cualquier cosa con tal de confundirnos en la búsqueda de las 39 pistas.

Siguieron el autobús que traqueteaba por el Staatsbrucke, el puente que va a dar al centro de la ciudad. Varios pasajeros se subieron, pero ninguno se bajó. Las calles estaban atestadas de coches y taxis y había un sinfín de turistas por todas partes. Un grupo de estudiantes de instituto se paró delante del coche, el autobús cambió de dirección en un cruce y desapareció.

—No lo pierdas —dijo Dan preocupado.

Cuando la carretera se despejó, el coche salió tambaleándose, mientras Nella trataba de controlar el cambio de marchas. Recorrieron varias callejuelas, pero no encontraron ni rastro del autobús.

—¡Ahí! —exclamó Amy, señalando una calle.

El vehículo había abandonado las calles del centro y estaba rodeando una colina. Haciendo chirriar las marchas, empezaron a perseguirlo, cogiendo velocidad a medida que el coche giraba en las curvas. Estaban tan concentrados en la persecución que se pasaron de largo el autobús, que se había detenido para dejar salir a unos pasajeros en una parada situada delante de un vetusto portal de piedra.

Amy contempló detenidamente el conjunto de edificios antiguos, con cruces y campanarios en lo alto.

—¿Una iglesia?

Dan parecía abatido.

—Como si Mozart no fuera ya lo suficientemente aburrido.

—La última iglesia en la que estuvimos no fue aburrida —le recordó su hermana—. Casi nos matan a los dos.

Nella hizo un cambio de sentido y se paró a una distancia discreta del autobús.

—Abadía de San Pedro —tradujo Nella, forzando los ojos para leer la señal de hierro forjado.

Pudieron ver la alta figura de Alistair tomar el sendero en pendiente que se iniciaba detrás del portal.

Nella frunció el ceño.

—¿Creéis que vuestra pista podría estar ahí?

—Alistair cree que sí —respondió Amy—. No podemos marcharnos hasta que sepamos si es aquí o no. ¿Por qué no buscas un hotel y dejas que *Saladin* se recupere un poco del viaje?

La niñera no parecía muy convencida. Dan insistió:

—Esto está lleno de turistas, ¿qué peligro podría haber?

—Está bien —respondió la joven—. Estaré de vuelta en una hora, intentad manteneros con vida —dijo mientras se alejaba con el coche.

Atravesaron el portal y Amy cogió un folleto del estante.

—¡Vaya! —exclamó—. Este lugar tiene más de mil trescientos años. El monasterio se fundó en el año 696, pero se cree que los romanos se habían establecido aquí incluso antes.

—¿Los romanos? —dijo Dan mostrando un interés conmovedor—. Esas legiones romanas tenían unas estrategias militares impresionantes.

—Por eso hay artefactos de guerra romanos por toda Europa —explicó Amy—. Sus ejércitos eran tan poderosos que conquistaron la mayor parte del mundo conocido.

—Eran imparables —confirmó Dan, frunciendo el ceño—. Entonces, ¿qué hace ahí esa iglesia?

—Es una construcción posterior, del siglo doce, mucho tiempo después de que los romanos se fuesen. Las tumbas más antiguas del cementerio datan de aquella época.

—¿Cementerio? —sonrió el muchacho—. Este lugar está empezando a gustarme.

Se sentaron en una esquina evitando llamar la atención hasta que el grupo de visita del tío Alistair entró en la catedral; después, atravesaron el arco que daba al camposanto. Dan nunca había visto un cementerio igual: estaba cubierto de vegetación, así que las letras apenas se podían ver entre las hojas. En lugar de lápidas, las tumbas tenían unos indicadores de hierro forjado con escrituras en una caligrafía anticuada y llena de florituras.

—Me recuerda a la colección de cucharillas de recuerdo de la tía Beatrice —le susurró Dan a Amy.

La joven aún tenía los ojos clavados en el folleto. De repente, agarró la muñeca de su hermano y la apretó con tanta fuerza que dejó en ella las marcas de sus dedos.

—¡Dan, según esto los restos de Nannerl Mozart se encuentran justo aquí!

A Dan se le pusieron los ojos como platos.

—¿Vamos a desenterrar un cadáver? ¡Genial!

—¡Shhh! ¡Claro que no!

—Pero ¿y si Mozart dejó una pista en su hermana?

Amy movió la cabeza.

—Mozart murió antes que Nannerl. Atento, estamos buscando una tumba común. La guía dice que ella está enterrada ahí.

—¿Qué es eso? —preguntó el muchacho—. ¿Algo así como un hotel para muertos?

—Muestra un poco de respeto. También descansa en esa

misma cripta Michael Haydn, el famoso compositor, que fue uno de los músicos que más apoyaron a Mozart.

Dan no pudo resistirse.

—¿Y qué está haciendo ahora? ¿Descomponerse?

—No seas bruto. Venga, vamos.

Tuvieron que dar algunas vueltas hasta encontrar el mausoleo. Comparado con los opulentos y elaborados panteones de San Pedro, éste era una simple estructura de piedra con inscripciones de los nombres de los muertos y algunos pasajes bíblicos en las paredes. No había ninguna señal de nada que pudiese ser una pista.

—La gente no te ha olvidado, Nannerl —susurró Amy sombríamente—. La gente está empezando a apreciarte como un genio por tus propios méritos.

—¿Por qué estás tan fascinada por Nannerl Mozart? —preguntó Dan—. Vale, ella era tan buena como su hermano. ¿Y qué?

—¿No te das cuenta de lo injusto que es eso? —dijo Amy—. Nunca se reconoció su talento sólo porque era una chica.

—Estoy de acuerdo —respondió su hermano—. Es una injusticia, pero ahora que lleva en esta cripta doscientos años, no creo que le importe demasiado.

—Pero a mí sí —explicó la muchacha—. ¿Y si nosotros fuésemos los hermanos Mozart? ¿Cómo crees que me sentiría si a ti te considerasen un niño prodigio y yo no fuera nadie aunque los dos fueramos igual de buenos en lo mismo?

Su hermano no se inmutó.

—Eso nunca podría pasarnos a nosotros. A nosotros no se nos dan bien las mismas cosas. Mira, ¿qué es eso?

Dan observaba con curiosidad el exterior de la entrada a la cripta. La abadía colindaba con una pared de roca escarpada. A quince metros del suelo, el desigual contorno de un edificio había sido esculpido en la montaña.

—¿Quién pone una casa en medio de un acantilado?

Al inspeccionarlo más detenidamente, encontraron una rudimentaria escalera labrada directamente en la piedra que llegaba hasta la entrada.

Amy leyó detenidamente el folleto.

—Aquí está. Ésa es la entrada a las catacumbas de Salzburgo.

—¿Catacumbas? —repitió Dan asustado. Habían estado a punto de perderse para siempre en las catacumbas de París y no tenía muchas ganas de repetir la experiencia.

—Bueno, éstas al menos no están decoradas con huesos —explicó Amy—. Pero aquí dice que hay túneles en esa colina. Si hay alguna pista en San Pedro, apuesto a que está ahí.

Un grupo de visita se dirigía hacia la entrada a las catacumbas. Entre la multitud se veía la alta figura de Alistair Oh.

—Y la competencia se nos acaba de adelantar —añadió Dan.

En cuanto el grupo del tío Alistair desapareció en el interior de la roca, los Cahill subieron por los desiguales peldaños tallados en la piedra. Amy sintió una inquietud escalofriante al entrar en la montaña, como si estuviesen siendo tragados por algo antiguo e inmutable, una criatura inmensa y silenciosa tan vieja como la propia tierra. Amy y Dan intercambiaron miradas de pánico. Las catacumbas de París estaban decoradas con huesos humanos y las grotescas calaveras miraban lascivamente desde todas partes. Esto tal vez no estuviese tan arriba en la escala de lo asqueroso, pero la sensación de dejar lo familiar por lo extraño y amenazador era mucho mayor en aquel lugar.

El túnel era muy húmedo y la temperatura estaba fácilmente a unos veinte grados menos que en el exterior.

Dan echó la mano al bolsillo y notó la forma familiar de su inhalador. Ése debía de ser el peor lugar de la tierra donde sufrir un ataque de asma.

«Tranquilízate», se dijo. Los ataques sólo le daban en casos de acumulación excesiva de polvo o polen, no por exceso de terror.

A su izquierda había una pequeña capilla en una cueva que parecía sacada de *Los Picapiedra*. El grupo del tío Alistair estaba allí amontonado cuando los Cahill pasaron corriendo por delante, con las caras tapadas.

Cuanto más se alejaban de la entrada, más oscuro estaba el lugar. El pasadizo estaba iluminado sólo por una hilera de tenues bombillas eléctricas colocadas tan apartadas entre sí que la oscuridad era absoluta entre ellas.

Más adelante, otro grupo de visita se acercaba a ellos por el túnel. Las caras blancas e iluminadas desaparecían en la penumbra para reaparecer de repente diez metros más cerca. Era como si se tratase de otro mundo, como si las leyes de la naturaleza no tuviesen vigencia en aquel extraño lugar.

—Caminen por su derecha —dijo el guía turístico dirigiéndose a su grupo, que estaba concentrado alrededor de los Cahill.

Recibieron codazos y golpes cuando los turistas pasaron pegados a ellos. A Amy le pisaron un dedo del pie, haciéndole lanzar un grito ahogado, aunque tal vez fuese su reacción ante el hombre que vio a la luz de una de las bombillas.

Era un anciano, más viejo que el tío Alistair; probablemente rondaba los setenta años y tenía la piel curtida y cuarteada. Vestía completamente de negro, así que su cabeza parecía suspendida en el aire.

El corazón de Amy empezó a latir con tanta fuerza que tuvo miedo de que, de un salto, se le saliese de la caja torácica. Agarró con fuerza la mano de su hermano y lo arrastró a lo largo del pasadizo.

—¡Frena! —protestó Dan.

Amy no paró hasta que estuvo segura de que el grupo no podría oírla.

—Dan, el hom... el hom...

Ni siquiera susurrando consiguió dejar de tartamudear.

—Cálmate —le dijo su hermano, tranquilizándola.

—¡El hombre de negro está aquí!

CAPÍTULO 9

Dan estaba aturdido.

—¿Te ha visto?

—No estoy segura, pero no podemos arriesgarnos. Cuando la casa de Grace se incendió, él estaba allí, igual que cuando explotó la bomba en el Instituto Franklin. ¡Tenemos que salir de aquí!

—No hasta que encontremos lo que hemos venido a buscar —dijo Dan, obstinadamente—. El tío Alistair y el hombre de negro están aquí, ¡eso prueba doblemente que estamos en el lugar adecuado!

Amy se sorprendió por la repentina admiración que sintió. Estaba claro que su hermano era un bobo que no duraría más de cinco minutos sin ella, pero algunas veces, como en esta ocasión, él sabía encontrar el valor necesario cuando ella estaba totalmente bloqueada por el miedo.

Amy respiró profundamente y dijo:

—Continuemos, entonces.

Sin otra opción, se adentraron en el interior de la montaña. El túnel se bifurcaba una y otra vez, así que fueron cuidadosamente tomando nota de las direcciones que iban escogiendo. Ninguno de los dos podía imaginar algo más terrorífico que perderse en aquel lugar, a mitad de camino entre Salzburgo y el corazón de la tierra.

Al poco rato empezaron a sentir que los ojos se les cansaban de tanto examinar las interminables paredes en busca de marcas o símbolos ocultos, cualquier cosa que pudiera indicar un compartimento secreto o un lugar escondido, pero sólo encontraban rocas y, en algunos momentos, un riachuelo.

Dan estaba en el suelo a cuatro patas tratando de investigar un «grabado» que resultó ser una grieta en la piedra, cuando de repente las luces parpadearon y se apagaron.

La palabra «oscuridad» no bastaba para describir el ambiente. Estaban sumergidos en una negrura asfixiante, una ausencia total de luz. Era como si se hubieran quedado ciegos de repente.

El pánico que Amy había vivido anteriormente no tenía punto de comparación con lo que sentía ahora. Le costaba trabajo respirar y cada vez lo hacía más y más rápido, como si alguien le estuviera aspirando el aire de los pulmones.

Dan sacudió los brazos buscándola para tranquilizarla, pero cuando la tocó, ella chilló con fuerza produciendo un eco en todas direcciones.

—Tranquila, ¡soy yo! —susurró, aunque él tampoco se sintiese particularmente calmado—. ¡Probablemente se haya ido la luz!

—Y que el hombre de negro esté aquí no tiene nada que ver, ¿no? —respondió Amy.

A Dan le estaba costando trabajo razonar.

—Si nosotros no podemos verlo, entonces él tampoco puede vernos a nosotros, ¿vale? ¿Quién sabe? Tal vez él esté tan perdido como nosotros.

—O tal vez esté por ahí, esperándonos.

Él respiró profundamente.

—Tendremos que arriesgarnos. Ahora sólo podemos deshacer el camino que hemos hecho y esperar lo mejor.

—¿Crees que conseguiremos encontrar la salida? —dijo ella con voz temblorosa.

Dan intentó visualizar los túneles como aparecerían en un mapa: como líneas que se cruzan.

—Tú pasarás la mano por una de las paredes del pasadizo y yo haré lo mismo en la otra pared, así no nos saltaremos ningún cruce —propuso—. Es muy simple.

«Simple.» Cómo le gustaría a Amy tener la habilidad de su hermano para reducir todo a una fórmula, a una serie de instrucciones que seguir. Para ella, ninguna fórmula podría separarse del gran terror que le producía esa oscuridad. Entonces se acordó de las catacumbas de París: montones de calaveras le sonreían grotescamente. Sin embargo, al mismo tiempo, ella sabía que aquella situación era mucho peor: el túnel se hacía cada vez más estrecho, las paredes la presionaban y la atrapaban en el vientre de piedra de la montaña.

—Dan, no creo que sea capaz de lograrlo —se quejó ella—. Estoy demasiado asustada.

—Es el mismo túnel —la tranquilizó su hermano—. Si hemos llegado hasta aquí, podremos volver.

Empezaron a caminar en la oscuridad. Amy fue palpando la pared de la izquierda, sabiendo que Dan estaba haciendo lo mismo en la de la derecha. Se dieron la mano para evitar separarse el uno del otro y hablaron constantemente para no permitir que el terror consiguiese abrumarlos y los venciese.

—Amy —dijo Dan—, ¿cuándo fue la última vez que nos dimos la mano como ahora?

—No me acuerdo. Supongo que cuando éramos pequeños. Ya sabes, con papá y mamá.

—Explícame otra vez cómo era mamá. —Él ya sabía la respuesta, la había oído al menos cien veces, pero aun así la conversación familiar le hacía sentirse bien.

—Era alta —respondió Amy—, tenía el pelo marrón rojizo...

—¿Como el tuyo? —su pregunta habitual.

—El de mamá era más rojo. Era imposible perderla de vista en una función del colegio. Papá era rubio, con... —Hubo una pausa—. Cada vez me resulta más difícil imaginármelos, es como una fotografía vieja que se va desvaneciendo con el tiempo.

—Es una pena —murmuró Dan—. No puedo recordar a mis propios padres, pero la pesada de la tía Beatrice... reluce en mi cabeza como un cartel luminoso.

—Tenemos a Grace —le recordó Amy con ternura.

—La abuela —dijo él mientras suspiraba profundamente—. La echo de menos, pero a veces me pregunto si debería hacerlo.

—Ella nos quería.

—Entonces ¿por qué no nos dijo nada sobre esto? —preguntó—. ¡Los Cahill! ¡La competición! Una pequeña advertencia tal vez habría sido útil, por ejemplo: «Hoy eres un niño que juega a videojuegos, pero dentro de un par de meses te perderás en un túnel en Europa con un asesino loco»...

¡Bang!

El golpe de luz que acompañó la explosión fue como el estallido de una estrella en la oscuridad y a los muchachos les lastimó en los ojos, que habían estado forzando todo este tiempo para poder abrirse camino en la negrura. Dan pudo distinguir una figura que se alejaba de ellos por el pasadizo, pero sus manos acudieron automáticamente a protegerle la cara antes de que pudiera identificar a la persona. Cuando la explosión finalizó, se oyó un estruendo que indicaba que el techo estaba a punto de derrumbarse.

Amy oyó el grito de su hermano cuando una roca le golpeó el hombro. Aún estaban cogidos de la mano, así que lo sintió caerse al suelo, donde quedó sepultado bajo piedras y tierra.

—¡Dan! —exclamó mientras estiraba de su brazo tratando de levantarlo, incluso a pesar de que a ella también le caía gravilla encima. Reuniendo todas sus fuerzas, tiró firmemente de su hermano hasta que él surgió de debajo de la tierra, escupiendo polvo e incapaz de formar palabras.

»¿Estás herido? —preguntó la joven.

Sin responder, él se adentró en la oscuridad y palpó el contorno de los escombros, que habían bloqueado el túnel completamente. Trató de abrirse paso hacia el otro lado, pero sólo consiguió desencadenar una pequeña avalancha que bloqueó de gravilla el resultado de sus esfuerzos y lo cubrió hasta los tobillos.

—No creo que podamos cavar lo suficiente como para salir de aquí.

Las pesadillas rodeaban a Amy como los tiburones cuando acorralan a su presa. ¿Qué podría ser peor que perderse en la oscuridad? ¿Estar atrapado en ella... Morir ahí...?

Observó la oscura silueta de la cara de su hermano, y trató de mirarlo a los ojos. Fue entonces cuando se dio cuenta.

—¡Puedo verte, Dan!

—¡Eso es imposi...! ¡Sí! ¡Yo también te veo! Sólo la forma, pero...

—Esta luz proviene de algún sitio —razonó Amy—, y donde hay luz hay...

—¡Una salida! —exclamó el muchacho.

Era casi imperceptible, ni siquiera llegaba para iluminar las paredes del pasadizo, pero realmente estaba ahí: una luminiscencia opaca de color naranja grisáceo.

Aún estaba muy oscuro para poder ver, así que avanzaban lentamente. Dan tropezó un par de veces a medida que el suelo de roca se volvía más abrupto y Amy chocó contra la pared cuando el túnel giró inesperadamente.

Apenas notó el golpe, pues detrás de la curva, la luz se hizo más intensa. La muchacha pudo ver la silueta de su hermano sin necesidad de entrecerrar los ojos.

—¡Bingo! —exclamó Dan. La negra extensión de suelo dio lugar a un estrecho rectángulo de claridad—. ¡Un pasadizo secreto! —dijo el muchacho entrando en el pequeño túnel—. Debe de haber una escalera por aquí...

Se oyó un gemido seguido de una caída.

—O tal vez no —dijo el muchacho desde abajo—. Ven aquí, creo que he encontrado algo.

Cautelosamente, Amy se introdujo en el diminuto hueco, mientras tanteaba en busca de peldaños en la roca. Pronto descubrió lo que su hermano no había visto: una serie de agujeros tallados en la pared. Dan la ayudó a bajar a una cámara abierta iluminada con lámparas de aceite. Tras la oscuridad total del túnel, aquel parpadeo anaranjado de las luces se parecía a los focos de los estadios.

La joven miró a su alrededor. La mayor parte de la habitación estaba cubierta de desgastados barriles que llegaban hasta el techo.

—¿Crees que esto es una pista? —preguntó Dan.

Amy se encogió de hombros sin saber qué decir.

—No nos servirán de mucho si no sabemos qué hay en su interior.

Los muchachos se acercaron un poco. Los toneles parecían muy viejos y no había ninguna marca en las cubiertas de roble.

—Tal vez podamos sacar uno y llevárnoslo rodando.

El muchacho colocó su hombro contra uno de ellos y empujó con todas sus fuerzas, pero no consiguió moverlo ni un milímetro.

Amy acudió a echarle una mano y entonces lo vio. Contra la pared y escondido detrás de los barriles había un escritorio antiguo. Sobre la superficie inclinada de la mesa había una única hoja de papel.

Los Cahill corrieron a examinarla. Se parecía al pergamino más que cualquiera de los tipos de papel utilizados actualmente; era amarillento y quebradizo. Estaba escrito en alemán, con una caligrafía muy antigua. Parecía tratarse de una especie de lista, y contenía palabras y números.

—¡Una fórmula! —exclamó Amy.

Dan frunció el ceño.

—¿Para qué?

—La primera de las pistas era un ingrediente: soluto de hierro —le recordó Amy—. Tal vez ésta sea la receta completa.

Hubo un silencio mientras los dos asumían la magnitud de aquellas palabras. Se suponía que la competición era una carrera de obstáculos, no una contrarreloj, con pistas escondidas en cada esquina del mundo. ¿Sería posible que hubieran encontrado una antigua «chuleta» con las 39 en una única página? ¿Habrían ganado ya la competición?

Con cuidado, la muchacha levantó el pergamino sujetándolo por las puntas.

—Tenemos que llevarle esto a Nella. Ella podrá decirnos qué dice aquí.

Dan no pudo evitar gritar de alegría.

—¡No puedo esperar a ver la cara de los Cobra cuando sepan que ya hemos conseguido las 39 pistas y ellos aún están buscando la número dos! O la de Irina; esta vez voy a contratar a un cinturón negro de verdad para que le dé la patada. Y la de los Holt... creo que para ellos será mejor contratar un ejército entero de cinturones negros.

—Primero tenemos que encontrar el modo de salir de aquí —le recordó su hermana, mientras exploraba a su alrededor—. Estas enormes cubas tuvieron que entrar por algún lado...

—Sigamos las lámparas de aceite —sugirió Dan.

La habitación de los barriles iba a dar a más túneles. Tras varios cruces y bifurcaciones, Amy se dio cuenta de que se habían perdido otra vez. Volvió a mirar la escritura pomposa en alemán del pergamino que llevaba en las manos. La frustración la estaba volviendo loca: habían encontrado el premio a pesar de todos los contratiempos, pero no podían llevárselo a la persona que podría leérselo.

Miró la hora en su reloj.

—Hace rato que dejamos a Nella. Cuando vea que no aparecemos tal vez venga a buscarnos.

—Entonces espero que tenga uno de esos taladros gigantes que se usan en las minas —respondió Dan, observando que el suelo estaba en pendiente. De repente señaló algo.

—¡Mira!

Al final de un pasadizo abovedado del interminable túnel, pudieron distinguir un pilar de piedra maciza. Apoyado contra él había...

—¡Una escalera! —exclamó Amy.

Echaron a correr y al final de la escalera vieron una pesada rejilla de hierro.

—¡La luz del sol! —susurró la joven. No esperaba volver a verla.

Dan subió los peldaños de madera y empujó el metal.

—Échame una mano, anda.

Amy subió y se unió a él. Lentamente, consiguieron mover la rejilla, haciendo resonar el metal al caer contra el suelo. Después, se abrieron paso por la abertura y entraron en la habitación.

La enorme estancia estaba bordeada de pequeñas y cuidadas camas colocadas directamente sobre el suelo de piedra. Pero esto no era lo que más llamaba la atención. A los pies de cada catre había un monje con un hábito negro y la coronilla afeitada.

Cuarenta pares de ojos asustados permanecían fijos en los Cahill. Cuarenta frailes se quedaron boquiabiertos de la sorpresa. Los monjes benedictinos de San Pedro miraban embobados a los dos muchachos como si no pudieran creer que tales criaturas existiesen.

Un monje de más edad, que tenía la tonsura rodeada de pelo gris, reparó en el pergamino que Amy sujetaba firmemente. El grito que emergió de su boca era cualquier cosa menos humano.

CAPÍTULO 10

Todos a una, los hermanos benedictinos corrieron hacia ella con los brazos extendidos para tratar de hacerse con la preciada escritura.

Amy se quedó petrificada del miedo, pero Dan estaba preparado para actuar. Ya había localizado la única y pequeña puerta de salida de la estancia. No estaba seguro de adónde los llevaría, pero se conformaba con salir de allí.

Cogió a su hermana del brazo y empezó a tirar de ella, arrastrándola entre las sibilantes túnicas negras y esquivando los brazos que intentaban atraparlos. Cuando los monjes se dieron cuenta de que estaban a punto de escapar, la agitación se apoderó de ellos. Una mano agarró la manga de la muchacha, pero Dan le hizo un placaje con los hombros digno de un jugador profesional de fútbol americano. Amy saltó por encima de un aspirante a defensa y los Cahill echaron a correr hacia la salida.

Nella los esperaba inquieta en el coche, comprobando la hora en su reloj cada treinta segundos. ¿Dónde debían de andar? No debería haberlos dejado ir a un lugar por el que rondaba uno de sus astutos parientes. Si el asqueroso de Alistair Oh les había causado el menor daño a Amy y a Dan, ella misma le haría tragarse su bastón forrado con alambre de púas.

Se volvió hacia el asiento de atrás, donde estaba el gato, que había dejado de rascarse.

—Llegan media hora tarde, *Saladin*, ¿dónde estarán?

Entonces los vio, avanzando veloces entre la multitud de turistas, corriendo incluso. Se los veía algo desaliñados... y asustados. Tras ellos, una oleada negra que cada vez se les acercaba más. Docenas de figuras uniformadas, monjes, perseguían a los muchachos por los jardines de la abadía.

Nella arrancó el coche y abrió la puerta del acompañante.

—¡Entrad!

No tuvo que repetírselo dos veces. Se lanzaron al coche uno encima del otro, en una maraña de piernas y brazos.

—¡Sácanos de aquí! —exclamó Dan.

Nella pisó con fuerza el acelerador. Cuando Amy cerró la puerta el coche ya estaba en marcha. Dan miraba fijamente el retrovisor, observando cómo los rabiosos monjes se hacían más pequeños a medida que el coche cogía velocidad.

La niñera tenía los ojos como platos.

—¿Qué ha pasado ahí dentro?

—¡No ha sido culpa nuestra! —farfulló Dan—. ¡Esos tipos están locos! ¡Son como Darth Vaders en miniatura y sin la máscara!

—¡Son monjes benedictinos! —exclamó Nella—. ¡Son hombres de paz! ¡Muchos de ellos han hecho votos de silencio!

—Pues parece que lo hayan olvidado —le respondió Dan—. Nos han dicho de todo menos guapos. Yo no tengo ni idea de alemán, pero hay cosas que no necesitan traducción.

—Hemos encontrado una pista —explicó Amy, tratando de recuperar el aliento— y no querían que nos la llevásemos. ¡Me parece que es algo importante! —exclamó, poniendo el pergamino entre los brazos de Nella—. ¿Podrías decirnos qué pone?

—Tal vez sea mejor que, antes de nada, nos distanciemos un poco más de la abadía —aconsejó la niñera, mientras conducía por las estrechas calles de Salzburgo—. ¿Cómo le explicaríais a la compañía de alquiler que su coche ha sido destrozado por un ejército de monjes trastornados?

Dan estaba impaciente.

—¡Compraremos la compañía de alquiler de coches y la abadía también! ¡Esta vez, hemos encontrado algo gordo!

Bordeando el centro de la ciudad, Nella consiguió evitar el tráfico y llegar al puente más rápido. Giraron varias veces y tomaron un par de cruces y, por fin, pararon en una calle tranquila.

—Está bien, echémosle un vistazo a esa «pista» —dijo la niñera, mientras cogía el pergamino.

—Creemos que debe de ser una especie de fórmula —explicó Amy, entusiasmada.

Nella estudió detenidamente el texto y se le abrieron los ojos como platos del asombro.

—¡No me lo puedo creer!

Dan sonrió.

—Es algo grande, ¿verdad?

—Pero ¿para qué es la fórmula? —insistió Amy.

La niñera leyó la página una y otra vez, como tratando de convencerse a sí misma de que realmente era lo que ella creía que era.

—Pero ¡qué tontos sois! Esto no es una pista... ¡Es la receta de Benedictine!

—¿Benedictine? —repitió Amy—. ¿Te refieres a la bebida?

Nella asintió con tristeza.

—Es una antigua receta guardada como un tesoro por los hermanos benedictinos durante siglos. ¡Por eso os perseguían!

Los Cahill estaban desolados.

—Casi nos matan —protestó Dan— y total para nada.

—Ahora entiendo qué les pasaba a los monjes —se lamentó Amy—, parece que les hemos robado lo más importante que poseían.

—Bueno, tal vez no sea una pista —dijo Dan tratando de consolarse a sí mismo—, pero al menos ese pergamino quedará genial en mi colección.

—¡Dan! —gritó Amy—. Tenemos que devolvérselo.

—Buena suerte —respondió el muchacho amargamente—. Si volvemos a poner un pie en esa abadía, esos hombres de paz nos cortarán la cabeza.

Amy se mantuvo firme.

—No podemos quedárnoslo. Tal vez podamos enviárselo por correo.

—No puedo esperar a ver su dirección: tercera cueva a la derecha, coja cincuenta túneles y gire a la izquierda en la estalagmita. Todo esto, en alemán.

Dan saltó del asiento delantero al trasero, uniéndose al gato.

—Voy a sentarme con alguien que no sea tan tonto. ¿Qué tal, *Saladin*? Eh, ha dejado de rascarse.

—Iba a decíroslo ahora: antes de tener que jugar al conductor fugitivo, escapando de los hermanos cristianos; mientras estabais en San Pedro, llevé a *Saladin* al veterinario.

—¿Tenía pulgas? —preguntó Amy.

Nella movió la cabeza.

—El médico le sacó el collar y se le cayó esto —dijo mientras sacaba de su bolsillo un diminuto dispositivo electrónico del tamaño de una uña.

—Él cree que se le clavaban las esquinas y por eso se rascaba tanto.

Amy frunció el ceño.

—Pero ¿qué es?

Dan estaba enfadado.

—¿Es que no ves nunca la tele? Es un dispositivo de vigilancia. Se lo pones a alguien cuando quieres seguirle la pista, para descubrir adónde va.

Nella estaba confundida.

—¿Quién querría seguirle la pista a un gato?

Amy cayó en la cuenta.

—No al gato, ¡a nosotros! Esto ha sido cosa de nuestros competidores. ¡Por eso no lográbamos ponernos en cabeza en la competición! A dondequiera que vayamos, hay alguien que siempre lo sabe.

—¡Seguro que es cosa de los Cobra! —gruñó Dan—. Esos dos pedantes millonarios son demasiado idiotas para conseguir las pistas por sí solos y se han gastado una pequeñez de su fortuna en tecnología para hacer trampas.

—Tal vez haya sido Irina —pensó Amy—. Esto sería un juego de niños para la KGB. En realidad, podría ser cualquiera de ellos, incluso el señor McIntyre. Recuerda que él tuvo a *Saladin* mientras estábamos en París.

—¿Qué hacemos con el transmisor ahora, entonces? —preguntó Nella—. ¿Lo aplastamos?

—Tíralo a una alcantarilla —sugirió Dan—, así los tramposos se irán a hacer submarinismo en su busca.

Amy se puso seria.

—Chicos, ésta podría ser una oportunidad de oro para despistar a los demás. No deberíamos malgastarla en una broma.

Dan frunció el ceño.

—Nunca me dejas divertirme.

—Oh, esto será muy divertido —le aseguró su hermana—. Escucha...

Alistair Oh cojeaba por las salas de estar de la Mozart Wohnhaus, apoyándose más de lo normal en su bastón de diamantes. Él ya sabía dónde estaba la siguiente pista importante. Sin embargo, mientras estaba en Salzburgo, tenía sentido visitar la casa de la familia Mozart, sólo para asegurarse de que no se le escapaba nada esencial. Nunca se es demasiado precavido.

Pero a medida que iba avanzando entre los instrumentos musicales y los muebles del siglo dieciocho, se iba sintiendo cada vez más raro. Ya no era tan joven como cuando había inventado el burrito para microondas. Qué tiempos aquéllos... desgraciadamente, todos pasados.

Se sentó a descansar en un banco para visitantes. Se había quedado sin dinero y también sin juventud. Lo último que necesitaba era una maratón alrededor del mundo en busca de la olla de oro de Grace Cahill. Pero menuda olla de oro: riquezas fabulosas y poder ilimitado. Un regreso a la gloria de sus días de burritos, o incluso más todavía.

Apenas había dormido aquella noche. En realidad, su conciencia no lo dejaba descansar por culpa del incidente del día anterior en el túnel. Nadie le había dicho que la pequeña explosión podría provocar un derrumbamiento. El plan era simplemente asustar a Amy y a Dan. Sí, eran adversarios, y los adversarios debían ser derrotados. Pero nunca se lo perdonaría si a los nietos de Grace les hubiera pasado algo terrible.

Había permanecido hasta más allá de las dos de la mañana viendo las noticias en la tele. Si hubiera habido un accidente relacionado con dos niños americanos, sin duda habría oído algo sobre ello. Maldijo a Grace y a su competición por enfrentarlos a todos contra todos...

Aquel pensamiento quedó sin concluir. Para vencer la fatiga y la falta de sueño, se permitió el lujo de cerrar los ojos, sólo un momentito, y se recostó en el banco, para un sueñecito rápido.

—Otra casa de Mozart, qué divertido.

—Yo no la seleccioné —le dijo Amy a su hermano bruscamente—, ha sido el tío Alistair.

Nella había llamado a todos los hoteles y casas de huéspedes de Salzburgo hasta averiguar dónde se alojaba Alistair. Después de dos amargas horas escondidos detrás de un contenedor en el callejón al lado del Hotel Amadeus, Amy y Dan siguieron a su anciano rival a la Mozart Wohnhaus.

Ahora, estaban escondidos a la sombra de un magnífico pianoforte, observando a través de las antiguas puertas francesas a la alta figura que descansaba en el banco.

—Ahí lo tienes —dijo Dan en tono amargo—. Un hombre de un millón de años que seguramente tampoco fue el alma de la fiesta durante su juventud. Eh, ¿cómo es que no se mueve?

Amy vio cómo el tío Alistair apoyaba la cabeza contra la pared, con la mandíbula torcida y la boca abierta.

—Creo que está muerto.

Dan lo miró fijamente.

—¿En serio?

—¡Pues claro que no, bobo! Se ha quedado dormido. Tal vez podamos colocar el transmisor en su bolsillo sin despertarlo.

—¿Y si se despierta? —preguntó Dan.

Amy sacó el diminuto dispositivo de espionaje de su bolsillo.

—Tendremos que arriesgarnos. Espera aquí.

Silenciosamente, se deslizó entre las puertas. Era temprano y el museo estaba aún medio vacío. Sólo había otros dos visitantes en la estancia: una joven pareja con banderas noruegas en sus mochilas.

Amy esperó a que los noruegos se marchasen. Sus pies apenas tocaban el suelo cuando se acercó a Alistair, que seguía dormitando. Lentamente, estiró la mano con el transmisor. El anciano tenía los brazos cruzados, manteniendo así la americana cerrada. No había margen de error...

Un sonido a medio camino entre un ronquido y un hipo salió de su boca. Amy se quedó de piedra al ver que se movía, pero cuando se acomodó, se volvió a dormir.

«Esto no va a funcionar, en cuanto lo toque un poquito, se despertará.»

Entonces observó el bastón, que estaba contra el banco, al lado de Alistair. La muchacha buscó una grieta o ranura por la que colar el chip.

Dan estaba en la puerta, haciendo gestos con las dos manos y mirándola con impaciencia.

«¿Qué quieres, tonto?»

Finalmente, se dio cuenta de que, moviendo sus puños cerrados, le estaba indicando que la empuñadura del bastón se podía desenroscar.

—«Perfecto.» En la empuñadura había una abertura por la que se habían introducido los diamantes y que tenía el tamaño ideal para que Amy introdujese el transmisor.

Estaba a punto de colocar la pieza cuando se dio cuenta de que el bastón era completamente hueco. Pero ¿por qué? A menos que...

Cogió la caña del bastón y echó un vistazo en el interior. ¡Allí había algo! Un papel muy enrollado ocupaba el estrecho espacio.

¡Era el lugar donde Alistair escondía sus cosas!

Con dos dedos, agarró una esquina del papel y tiró de él. El documento era marrón y quebradizo y parecía muy antiguo, aunque no tanto como la receta que habían sustraído de la abadía de los benedictinos. Con las manos temblorosas, desplegó la hoja. A pesar de que el texto no estaba en su idioma, el nombre allí escrito le llamó la atención, pues era inconfundible:

WOLFGANG AMADEUS MOZART

Era todo cuanto podía entender, pero tenía la corazonada de que aquello era lo que habían estado buscando en los túneles de la abadía de San Pedro.

«Así que nos ganaste esa batalla —pensó la joven, observando al anciano que seguía adormilado—. Tal vez te hayamos infravalorado.»

El tío Alistair farfulló algo, medio dormido, y parpadeó.

Rápidamente, volvió a enroscar la empuñadura del bastón y lo colocó donde estaba, contra el banco.

Alistair continuó durmiendo, ignorando por completo que le habían robado de su bastón el primer puesto en la búsqueda.

CAPÍTULO 11

Otro documento vital; otra lengua extranjera.

—Esto no es alemán —anunció Nella.

—¿No? —preguntó Amy, confundida—. Asumí que lo sería, como estamos en Austria. ¿Qué idioma es, entonces?

La habitación del hotel de Salzburgo era muy pequeña y no demasiado bonita. Dan estaba convencido de que la dirección había decidido utilizar bombillas de poca potencia para que los huéspedes no se diesen cuenta del lugar de mala muerte en el que se alojaban.

La niñera observó el documento.

—Diría que es italiano. Lo siento de veras, chicos, pero no está entre las lenguas que conozco.

Los Cahill palidecieron y la miraron fijamente, era la primera vez que Nella había sido incapaz de traducirles algo.

—¿Y cómo sabes que es italiano?

—¿Veis esta palabra, «Venezia»? Apostaría a que se refiere a la capital del Véneto, Venecia, en Italia.

Amy indicó la fecha: 1770.

—Mozart tendría catorce años. ¿No recordáis lo que vimos en el museo? Durante esos años tocó por toda Italia, su padre lo llevó.

—Entonces —dijo Dan frunciendo el ceño—, ¿es esto el póster de un concierto del siglo dieciocho anunciando a Mozart?

—En Venecia —añadió Amy—. La siguiente pista debe de estar escondida allí.

Nella mostró una amplia sonrisa.

—Siempre he querido ir a Venecia. Se supone que es la capital mundial del romanticismo.

—Estupendo —dijo Dan—. Es una pena que tu cita sea un mau egipcio en huelga de hambre.

La niñera suspiró.

—Es mejor eso que un bocazas de once años.

El viaje en coche a Venecia les llevó más de cinco horas. Sentado detrás con *Saladin*, Dan casi se vuelve loco. Para empezar, detestaba los largos viajes en coche. Por otro lado, la frustración de tener que suplicarle al gato para que comiera algo era exasperante y preocupante al mismo tiempo. Les quedaba tan poco de su abuela, que al menos tenían que cuidar de su adorada mascota; se lo debían a Grace.

Además, para culminar su malestar, su hermana le dio un largo y severo sermón recordándole la gran importancia de la competición y cuánto se jugaban en ella.

—¡Tus ocurrencias no ayudan, Dan! ¡A ver si maduras y te tomas todo esto más en serio!

—¿Más en serio? —repitió él—. ¡Estamos completamente rodeados de seriedad! ¡Lo que tenemos que hacer es relajarnos un poco! La próxima pista podría estar justo delante de tus narices, ¡pero tú no la verías porque estarías demasiado ocupada siendo seria!

—¡Cortad el rollo o acabaremos en la cuneta! —gritó Nella—. ¡En estas autopistas la gente conduce a la velocidad del rayo!

—Tú conduces a la velocidad del rayo incluso cuando intentas aparcar —le reprochó Dan.

—¡No estoy de broma! Mientras yo sea vuestra niñera —dijo, mirando a Dan con el ceño fruncido—, vuestra canguro, vais a tener que llevaros bien. Puedo soportar la locura, a vuestros familiares dementes e incluso que desaparezcáis durante horas y horas, pero no las peleas. ¿Entendido? Estáis en el mismo equipo, así que actuad como si lo supierais.

Hubo silencio, la discusión finalizó tan de repente como había comenzado. Una vez volvió la paz, empezaron a relajarse de la tensión acumulada en la aventura de Salzburgo. Nella casi podía sentir a los hermanos recuperando fuerzas, armándose de valor para los peligros que podrían presentarse pronto, en un futuro no muy lejano. Ellos eran Cahill, pero debían de ser los únicos decentes de toda la prole.

Finalmente, llegaron a Venecia y a su costa, pero antes de que pudiesen alcanzar los confines de la ciudad, el tráfico de la autopista aumentó y tuvieron que reducir la velocidad y avanzar a paso de tortuga.

—¡Vaya!

Dan fulminó con la mirada a su hermana, que estaba sentada en el asiento de delante. Amy apenas notó el cambio de velocidad, pues estaba muy concentrada estudiando el cartel del concierto de Mozart, tal y como había estado haciendo durante todo el camino desde Austria.

—¿Qué estás haciendo? ¿Aprender el idioma por ósmosis?

Ella ignoró la broma.

—Aquí hay un nombre que me suena, pero no me acuerdo de qué. ¿Quién es Fidelio Racco?

—¿Otro músico? —sugirió Nella.

Amy disintió.

—Mozart y su hermana eran una oferta conjunta. Nunca leí nada sobre un tercer artista en sus conciertos.

—Bueno, si es cierto que se trata del póster de un concierto —musitó Dan—, tal vez ese tal Racco sea un promotor.

Su hermana le dio un par de vueltas a la idea.

—Tiene sentido. No un promotor como los de hoy, claro, pero en aquel entonces, los músicos de gira daban conciertos privados en las mansiones de los ricos. Tal vez Fidelio Racco les diera alojamiento a Mozart y a Nannerl. Me pregunto si podemos encontrar el lugar donde vivía.

—No hay problema —dijo Dan irónicamente—. Búscalo en la guía telefónica de 1770, es pan comido.

—Estamos en Italia —le recordó Nella—, aquí sería tiramisú comido. Mmm... hay que conseguir un poco. Ésta es nuestra salida —anunció, mientras salía de la autopista siguiendo las indicaciones de un letrero que decía «Venezia», tras el cual se abría un amplio bulevar. Se situaron detrás de una unidad de televisión móvil cuyo aspecto les resultaba familiar.

Dan la señaló.

—Mirad: Eurotainment TV. Ésos son los que organizaron la fiesta de Jonah Wizard en Viena.

De repente, la furgoneta giró a la izquierda y atravesó de un volantazo dos carriles con mucho tránsito, persiguiendo a una enorme limusina.

Nella tocó el claxon y gritó:

—¡Chalado!

—¡Síguelo! —dijo Amy rápidamente.

—¿Por qué?

—¡Hazlo! —insistió.

Giró tan rápido el volante que se veía todo borroso; la niñera se las arregló para colarse entre los coches, hasta colocarse justo detrás de la unidad móvil.

—¡Allá vamos! —animó Dan—. ¡Persecución *paparazzi*!

Tenía razón, la limusina estaba intentando despistar a la furgoneta de Eurotainment TV, pero el conductor de ésta no pensaba rendirse. Tras el juego del gato y el ratón a toda pastilla, iba el coche, cruzándose con otros vehículos, saltándose semáforos y dando volantazos para esquivar a los desventurados peatones.

—Cuando hablaba de ver Venecia, ¡esto no era para nada lo que tenía en mente! —protestó Nella, que iba encorvada sobre el salpicadero—. Me pregunto quién irá en el auto: ¿Brad y Angelina? ¿El príncipe Guillermo?

—Tú síguelos —respondió Amy—. Tengo la ligera sospecha de quién es exactamente el ocupante de esa limusina.

Fue en un abrir y cerrar de ojos. La limusina se dirigía hacia el puente a toda velocidad, con la unidad móvil en plena persecución. De repente, el coche dio un giro inesperado antes de entrar en la rampa y se metió por una calle lateral.

El conductor de la furgoneta intentó seguirlos, pero se encontró rodeado de tráfico. Eurotainment TV desapareció por encima del puente.

—¿A quién sigo? —preguntó Nella.

—¡A la limusina! —respondieron Amy y Dan simultáneamente.

Se desviaron dejando el puente a un lado y giraron. La limusina había reducido su velocidad; sus pasajeros debían de pensar que la persecución se había acabado. Nella guardó una distancia prudencial.

Continuaron tras la limusina hasta que ésta subió una

rampa hacia una carretera elevada que iba a dar a una laguna iluminada por el sol.

—¿Ahora qué? —preguntó Nella.

—¡No lo pierdas! —respondió Amy.

—Espera —dijo Dan—, pensé que íbamos a Venecia. Ese letrero dice —entrecerró los ojos para leerlo— Tronchetto. Inteligente movimiento, Amy, ahora nos dirigimos a una ciudad equivocada.

—No lo creo —añadió Nella—. ¡Mira!

Ante ellos se extendía una vista magnífica. Un reluciente cielo lleno de cúpulas y chapiteles se erguía de la resplandeciente agua.

—Venecia —suspiró Amy—. Es como en las fotos.

Incluso Dan parecía impresionado.

—Es un lugar estupendo —añadió—. Es una pena que no nos dirijamos ahí.

Nella cruzó el enorme puente, asegurándose de mantener un par de coches entre la limusina y ellos en todo momento. Finalmente, comenzaron a descender hacia Tronchetto. Pero en lugar de acercarse a una ciudad, se dirigían hacia una isla casi totalmente cubierta con miles de vehículos.

Dan estaba desconcertado.

—¿Un aparcamiento?

—Es más bien el tatarabuelo de todos los aparcamientos —añadió Nella.

—Pero ¿quién lleva una limusina a un aparcamiento?

Una señal enorme apareció a la derecha del coche. Amy buscó su idioma entre todos los que había y lo encontró al final.

—Ya entiendo... ¡Los coches no están permitidos en Venecia! Hay que aparcar aquí y coger un ferry hasta la ciudad.

Su hermano frunció el ceño.

—Entonces, ¿cómo hace la gente para desplazarse?

—En barco —respondió Nella—. En Venecia hay docenas de canales que entrecruzan la ciudad.

Justo antes de entrar en el aparcamiento, la limusina se paró y de ella salió un chófer uniformado que abrió la puerta trasera, dando paso a dos figuras, una delgada y la otra más alta y fornida. Llevaban gorras de béisbol que casi les tapaban los ojos, así como oscuras gafas de sol. Pero, sin ninguna duda, se trataba del presuntuoso adolescente, la estrella del hip-hop, Jonah Wizard, que, como siempre, iba acompañado de su padre.

—¿Ese idiota? —exclamó Nella consternada.

Dan también estaba confundido.

—Si nosotros tenemos el papel que nos ha traído hasta Venecia, ¿cómo ha sabido Jonah que había que venir aquí?

Amy no podía hacer otra cosa más que mover la cabeza y encogerse de hombros.

Vieron cómo los Wizard se unían a un grupo de gente que esperaba para embarcar en un ferry hacia la ciudad. El chófer volvió a subirse a la limusina y se marchó.

Nella frunció el ceño.

—¿El gran señor y magnate del hip-hop está haciendo cola con la vulgar plebe? ¿Qué os parece?

Dan sonrió.

—Ya empieza a gustarme más esta idea de «sin coches». Nos pone a todos al mismo nivel.

Amy no estaba convencida.

—Jonah tiene dinero suficiente como para comprar ese barco y echar a todos de él. Si coge un barco público, es porque está tratando de entrar en la ciudad sin llamar la atención. Hay que darse prisa, aparquemos el coche y veamos adónde va.

El complejo Tronchetto era enorme, tuvieron que alejarse casi un kilómetro hasta que encontraron un espacio libre. Para entonces, el ferry ya había arribado y los pasajeros ya estaban embarcando.

—¡Vamos! —Dan cogió a *Saladin* en brazos y echó a correr hacia el muelle—. ¡Si tenemos que esperar al siguiente barco, perderemos a Jonah definitivamente!

—¡Mrrp! —protestó el mau egipcio, incómodo con tanta prisa.

El grave y profundo sonido de la bocina del barco hizo vibrar Tronchetto, que, a su vez, activó las alarmas de varios coches. El barco estaba a punto de partir.

Los tres jóvenes corrieron a través del aparcamiento; sus mochilas bailaban de un lado a otro en sus espaldas. Afortunadamente, la cola de pasajeros era larga, lo que retrasó la salida. Dan lanzó a *Saladin* a la pasarela justo cuando un marinero uniformado cerraba la cadena detrás del último cliente. El gato subió a la cubierta y el desesperado tripulante no tuvo otra opción que dejar que los Cahill y su niñera embarcasen con su mascota.

El viaje a Venecia no les llevó ni diez minutos. Amy, Dan y Nella se mantuvieron alejados de los Wizard y se escondieron detrás de un mamparo. No tenían de qué preocuparse, pues Jonah y su padre también pretendían pasar desapercibidos y se pasaron el corto viaje apoyados en la barandilla, mirando hacia el mar. Cuando el barco atracó en Venecia, ellos fueron los primeros en salir, empujando decididamente por las agitadas calles de adoquines.

Nella y los Cahill los siguieron guardando las distancias.

—Coger transporte público y caminar, las dos cosas en el mismo día. —Dan estaba sorprendido—. Si Jonah se vuelve más humano, su dispensador de caramelos dejará de tener tanto éxito.

No era difícil pasar desapercibidos ante los Wizard en las bulliciosas calles principales, pero después de un par de cruces, Jonah y su padre se adentraron en un callejón desierto, bordeado de diminutos comercios. Amy agarró a Dan y a Nella y se escondió con ellos en el hueco de una entrada.

Un poco más abajo, los Wizard entraron en una tienda.

Los Cahill y Nella esperaron. Pasaron diez minutos, veinte minutos y el reloj seguía corriendo.

—¿Qué estarán haciendo ahí? —preguntó Amy.

Dan se encogió de hombros.

—Tal vez cuando eres rico necesitas más tiempo para comprar, como puedes comprarte más cosas...

—Vamos a echar un vistazo más de cerca —decidió Amy.

Nella cogió a *Saladin* de los brazos de Dan y los dos hermanos se aproximaron a la tienda cautelosamente.

«DISCO VOLANTE», decía el letrero luminoso, que tenía la imagen de un CD que se transformaba en un platillo volante.

Dan puso cara de sorpresa.

—¿Una tienda de música? Jonah es el amo y señor del negocio musical. Si quisiera escuchar música, en un abrir y cerrar de ojos la tendría en formato digital en el superequipo de música de su mansión. ¿Por qué razón habría de comprarse sus propios CD?

Amy se colocó delante del escaparate y echó un vistazo al interior de la tienda. Era igual que cualquier tienda de música de Estados Unidos, con estanterías llenas de CD y viejos discos de vinilo, pósters de artistas y cubiertas de CD. Un joven empleado vestido de forma descuidada estaba detrás de la caja registradora. Y...

La muchacha parpadeó. Exacto, el cajero estaba solo. Volvió a mirar, acercándose más al escaparate, hasta que se colocó justo en medio. Buscó por todos los pasillos y en la cabina insonorizada que estaba al fondo, pero no había nadie.

Dan notó la expresión desconcertada en la cara de Amy.

—¿Qué pasa? ¿Ves a Jonah y a su padre?

—No están ahí.

Se unió a su hermana en el escaparate.

—¡Pero si acabamos de verlos entrar!

Amy se encogió de hombros.

—Yo tampoco lo entiendo.

Volvieron junto a Nella y la pusieron al día sobre sus hallazgos.

La niñera fue práctica.

—«Wizard» significa «mago» en inglés, pero yo os aseguro que este muchacho no sabe hacer magia. No puede teletransportarse de un lugar a otro.

—Exacto —añadió Amy—. O sea, que o están ahí o se han ido por una puerta secreta. Tenemos que registrar esa tienda.

—Claro —dijo su hermano—. Pero ¿cómo nos deshacemos del dependiente?

Amy le preguntó a Nella:

—¿Crees que podrías montar un numerito que obligue al empleado a salir?

—Podrías fingir que te has perdido —propuso Dan—. Así, el tipo saldrá a darte indicaciones y nosotros podremos colarnos.

—Ésa es la idea más machista que he oído en mi vida —respondió Nella con severidad—. Como soy una chica, no tengo ni idea y él, como es un hombre, tiene un estupendo sentido de la orientación.

—Podrías hacer como que no eres de aquí —sugirió el muchacho—. Espera, ¡pero si es que en realidad no eres de aquí!

Nella escondió las mochilas debajo de un banco, colocó a *Saladin* en el asiento y le dijo:

—Tú eres el gato vigilante. Si alguien toca el equipaje, libera a tu tigre interior.

El mau egipcio, vacilante, inspeccionó la calle.

—¡Miau!

Nella suspiró.

—Menos mal que no hay nadie por aquí. Bueno, voy a entrar. Preparaos.

El empleado le dijo algo, probablemente «¿Puedo ayudarle?». Ella le sonrió como disculpándose y fingió:

—Lo siento, no hablo italiano.

Tenía un acento muy pronunciado, pero parecía dispuesto a ayudarla.

—Le echaré una mano —se ofreció el muchacho, fijándose en sus uñas pintadas de negro y el *piercing* de la nariz—. Deduzco que le gusta el punk, ¿me equivoco?

—En realidad, es más bien una fusión entre el punk y el reggae —respondió Nella, pensativa—, con un aire country. Ah, y vocales operísticos.

El empleado la miraba perplejo.

Nella empezó a recorrer los pasillos, sacando CD de las estanterías de un lado y del otro.

—Ah, Arctic Monkeys, de esto estoy hablando. Algo de Bad Brains también, de los ochenta. Los Foo Fighters, voy a necesitar un par de ellos, claro. Tampoco puedo olvidarme de Linkin Park...

El chico la miraba impresionado mientras ella iba acumulando una enorme pila de música en sus brazos.

—Eso será todo —dijo finalmente, cogiendo un CD de lo mejor de Frank Zappa—. Para empezar es suficiente.

—Eres una verdadera melómana —dijo el cajero con los ojos como platos.

—No, en realidad soy cleptómana —dijo mientras atravesaba la puerta corriendo.

El joven estaba tan confundido que no reaccionó y tardó unos segundos en salir tras ella.

Nella hizo un gesto a los asombrados Cahill indicándoles que tenían vía libre y siguió corriendo calle abajo con su cargamento.

—*Fermati!* —gritó el cajero en plena persecución, ya sin aliento.

Nella dejó caer un par de CD y comprobó con satisfacción que el muchacho se había parado para recogerlos. La idea era tratar que la persecución durase lo suficiente como para permitir a Amy y a Dan que inspeccionasen DISCO VOLANTE.

«¡Vaya! —se percató la joven fugitiva—. Estoy empezando a pensar como los Cahill...»

Si estaba lo suficientemente loca como para relacionarse con esa familia, la cosa sólo podía empeorar.

CAPÍTULO 12

Amy y Dan registraron la tienda de arriba abajo. Buscaron trampillas bajo las mesas, detrás de las estanterías y en la parte trasera de los armarios.

El muchacho abrió una cortina que reveló una pequeña oficina en la que había un escritorio desordenado, un fregadero con un hornillo y una cafetera tradicional italiana, y un diminuto cuarto de baño. No había ningún otro modo de salir de allí. Trató de abrir la ventana, pero estaba sellada con innumerables manos de pintura.

—Dan —lo llamó Amy—. Mira esto.

Ella estaba en la cabina insonorizada, una pequeña estancia aislada tras un grueso cristal. Estaba equipada con un sistema estéreo compacto. En el banco reposaban dos pares de cascos.

Dan golpeó las paredes, que resultaron ser totalmente sólidas.

—No hay pasadizos secretos.

Amy vio la pila de CD que había en el mostrador y frunció el ceño.

—¿No crees que esta selección musical es un poco rara?

Dan se arrodilló para leer las carátulas. Green Day, Rage

Against the Machine, Eminem, Red Hot Chili Peppers y... ¿qué era aquello? *El crepúsculo del genio: los últimos trabajos de Wolfgang Amadeus Mozart.*

Sacó el disco y se lo entregó a Amy, que lo cargó en el reproductor. Se pusieron los cascos. Dan esperaba escuchar algún tipo de mensaje secreto, así que se desilusionó cuando sonó un cuarteto de cuerda.

Le puso una cara de decepción a Amy: ya había tenido suficiente Mozart para el resto de su vida. Examinó la carátula del CD, que tenía las habituales palabras tontas relacionadas con la música clásica: cantata, adagio, cadenza... Amy probablemente supiera qué significaban, aunque tal vez sólo lo fingiese para fastidiarlo a él.

De repente, se fijó en la última canción de la lista: Adagio KV 617 (1791). Ahí estaba otra vez. Pasó todas las canciones hasta llegar a la última pista.

El suelo desapareció bajo sus pies y cayeron, deslizándose por un tobogán de metal. Había espejos a ambos lados en los que pudieron ver reflejada su sorpresa.

Amy trató de empujar hacia los lados para disminuir la velocidad de descenso. No había fricción, ni siquiera cuando intentó frenar la caída con la suela de goma de sus zapatillas deportivas. La superficie era extremadamente suave y resbaladiza.

«¿Cómo...?» Ni siquiera era capaz de terminar una frase en su propia mente. Miró hacia abajo tratando de ver adónde iban, pero la oscuridad lo dominaba todo.

De repente, un par de puertas electrónicas se abrieron ante ellos y Amy vio el fondo del túnel aproximándose a ella. Amy se preparó para recibir el impacto... Pero no se produjo. En el último momento, el tobogán se niveló y los depositó delicadamente en un cómodo cojín relleno de semillas. Desconcertados, se pusieron en pie. Un vestíbulo se extendía ante ellos. Las austeras paredes blancas estaban cubiertas de cuadros. De fondo, sonaba música clásica.

—¿Otra casa de Mozart? —susurró Dan.

—No es posible —le respondió Amy—. Algunos de estos cuadros son modernos. Parece más bien un museo de arte.

Dan estaba perplejo.

—¿Un museo subterráneo al que se accede a través de un tobogán y desde una tienda de música?

Amy observó detenidamente un retrato en un viejo y elaborado marco: un hombre que tenía parte de la cara en la oscuridad y una gorguera blanca y tiesa alrededor del cuello.

—Dan... Estoy casi segura de que esto es un Rembrandt.

Su hermano hizo un gesto de resignación.

—Si me has obligado a enviarle la receta a esos monjes, dudo que vayas a dejar que me lleve un cuadro de un millón de dólares.

—Si fuera auténtico, estaríamos hablando en realidad de cincuenta millones.

—¡Vaya!

Dan observó las obras que decoraban las dos paredes del pasillo.

—Todo esto debe de valer... —Tragó saliva—. No creo que haya suficiente dinero en el mundo para pagar apenas la mitad de lo que hay aquí.

Amy asintió.

—Pero la cuestión es que Grace era una fanática de Rembrandt. Tenía muchos libros sobre sus cuadros, pero nunca había visto éste antes.

—¿Crees que es falso? —preguntó Dan.

—Lo dudo. El estilo es perfecto. Y mira... —Lo guió hasta el final del pasillo—. Estoy segura de que éste es un Picasso, aunque tampoco es conocido. Tengo la impresión de que esto debe de ser una galería secreta de obras maestras sin descubrir.

—¿Y qué tendrá esto que ver con Jonah Wizard? —se preguntó Dan.

La melodía dejó de sonar y una voz bien articulada anunció:

—Lo que acaban de oír era el último movimiento de la Sinfonía Inacabada de nuestro Franz Schubert. Están escuchando Radio Janus: todos los Janus, de todos los tiempos. A continuación escucharemos una grabación única en su género de Scott Joplin tocando en la fiesta de cumpleaños de Harry Houdini.

Cuando la animada música al piano comenzó a sonar, Amy cayó en la cuenta.

—¡Janus! ¡Ésa es una de las cuatro ramas de la familia Cahill! ¡La Janus, la Tomas, la Ekaterina y la Lucian!

—Odio a los Lucian —afirmó Dan—. Es la rama de los Cobra, y la de Irina. ¿Te acuerdas de cuando nos engatusó para que la siguiésemos a ese extraño cuartel general en París?

—Creo que —susurró Amy— éste debe de ser un lugar parecido, sólo que para los Janus.

Dan estaba confundido.

—¿A quién se le ocurriría ubicar un cuartel general en una galería de arte?

De repente, Amy se dio cuenta. Era como si, en una fracción de segundo, todas las piezas de un enorme rompecabezas se hubieran unido en su mente. Primero no había nada más que confusión; un instante después, una imagen se mostraba al completo ante ella.

—¿Y si cada una de las ramas Cahill tiene una habilidad determinada? —murmuró la joven—. Recuerda, los Lucian más famosos eran líderes mundiales, importantes generales, agentes secretos y espías. ¿Qué tienen en común? La estrategia y la planificación. ¡Tal vez ése sea el talento Lucian!

—Está bien, pero eso no nos ayuda mucho aquí —replicó Dan—. Veamos, ¿estás diciendo que los Janus son artistas?

La joven asintió fervientemente.

—Gente como Mozart, un gran músico. O Rembrandt y Picasso...

—¡Y Jonah Wizard! —añadió Dan entusiasmado—. Es decir... a mí no me gusta nada, pero hay que reconocer que es una gran estrella.

—¡Esto es increíble! Jonah ha venido aquí por alguna razón. Tenemos que averiguar qué está buscando y conseguirlo antes que él.

—¿No te estás olvidando de algo? —informó Dan—. Jonah es un Janus y tiene permiso para estar aquí, nosotros no.

—Grace nunca nos dijo a qué rama pertenecíamos, tal vez sea la Janus. Yo toco el piano.

—Afróntalo, Amy. Nunca se te ha dado demasiado bien. Y yo no soy capaz de dibujar una línea recta sin una regla. Tenemos la misma vena artística que un patito de goma.

Ella suspiró.

—Tendremos cuidado. No tienen por qué saber que estamos aquí.

Siguieron caminando por el vestíbulo, cruzándose con cuadros de maestros desde Van Gogh hasta Andy Warhol. El pasillo era curvo y el suelo descendía en pendiente hacia abajo.

—Qué raro —afirmó Dan—. Es como si estuviésemos caminando sobre una espiral que se va hundiendo bajo tierra cada vez más.

—Tal vez sea ésa la forma de la fortaleza —sugirió Amy—. No tenían demasiado espacio, así que diseñaron el lugar como un sacacorchos. Si tienen los mejores artistas, probablemente también tengan los mejores arquitectos.

Él asintió.

—Con sólo vender un par de cuadros de cincuenta millones de dólares, consigues dinero para lo que quieras, sea lo que sea. Podrías contratar incluso a tu propio ejército. —Dan parecía nervioso—. No creo que tengan su propio ejército, ¿verdad?

Ella sólo pudo mover la cabeza de forma inexpresiva. En aquella competición, la única cosa predecible era que la familia Cahill continuaría siendo impredecible.

«Y nunca se puede subestimar el poder de las fuerzas que están contra ti.»

El pasillo se ensanchó y ante ellos apareció un avión de combate a tamaño real de la primera guerra mundial, con hélice, ametralladoras fijas y dos niveles de alas. Tenía pintada la cabeza de un indio en los dos lados.

Amy lo contemplaba confundida.

—Tal vez se trate de algún tipo de arte moderno.

Dan tenía los ojos como platos.

—Esto no es ninguna pieza artística. ¡Es lo más grande que he visto en vivo!

—¿Un avión de verdad?

—No es un avión cualquiera: ¡éste es el Nieuport Fighter que pilotaba Raoul Lufbery! ¡Uno de los ases del aire más importantes de la primera guerra mundial! —El muchacho hizo un gesto de desconcierto—. Se supone que los Janus son artistas, no pilotos de combate.

—Tal vez dependa de a qué llames tú arte —musitó Amy, señalando una vitrina en la pared donde se exhibía una colección de rifles y ballestas—. Tiro con arco, tiro y combate aéreo. En el hilo musical hablaban de Houdini, que era un artista del escape.

—¡Genial! —exclamó Dan—. Están empezando a gustarme un poquito estos Janus.

—Dan, ¡por aquí! —Amy sujetaba las puertas de un ascensor situado tras una réplica de una cabina de mando de un avión F-15.

Él corrió hacia ella y examinó el directorio de plantas.

—¿Adónde vamos? Escultura, películas, planificación estratégica... ¿No te parece raro que haya una sala de planificación estratégica en un museo?

—No estamos en un museo, ¿recuerdas? —respondió Amy—. Es la base de operaciones donde todos los Janus planifican su estrategia.

—Sí, pero una estrategia ¿para qué?

—Pues, por ejemplo, para encontrar pistas.

—¡Venga ya! —protestó Dan—. La competición fue anunciada en el funeral de Grace. Es imposible que los Janus hayan podido organizarse de esta manera en tan sólo dos semanas, por muchos cuadros que hayan vendido.

—La competición oficial empezó en el funeral —le corrigió Amy—, pero las pistas han existido desde la época de Mozart, o incluso desde antes. Estoy casi segura de que las cuatro ramas han sabido desde siempre de la existencia de las 39 pistas. Y sea lo que sea el premio, ese enorme secreto es el motivo de que hayan estado peleándose entre sí durante todos estos siglos.

Las puertas de acero se cerraron y empezaron a descender en dirección al corazón del cuartel general.

Dan miró a su hermana alarmado.

—¿Le has dado a algún botón?

Ella movió la cabeza ansiosa.

—Parece que alguien ha llamado el ascensor. —El miedo se apoderó de ella. En unos segundos, las puertas se abrirían delante de un Janus que tal vez supiera que los niños que tendría delante no pertenecían a su rama.

Amy corrió hacia el panel de control y comenzó a pulsar todos los botones frenéticamente y sin seguir ningún orden, esperando poder parar la cabina antes de que alcanzase su destino. El ascensor se detuvo de forma abrupta. ¿Habría conseguido enviarlo a una planta segura?

«Cuando podamos comprobarlo, ya será demasiado tarde...»

Primero escucharon las voces; no eran una o dos, sino el habitual alboroto de una multitud.

—¡Gente! —gritó Dan—. ¡Sacadnos de aquí!

Pero la puerta ya estaba abriéndose.

CAPÍTULO 13

Amy y Dan salieron corriendo del ascensor y se escondieron detrás del único lugar disponible: una estatua de bronce de Rodin. Disimuladamente, asomaron la cabeza por el hueco que había entre el brazo y el cuerpo de la figura y echaron un vistazo. La estancia era más grande que los pasillos tipo túnel que habían visto hasta el momento. En las paredes había imágenes de los Janus más importantes a lo largo de la historia. La joven se quedó embobada mirando aquellos rostros famosos: Walt Disney, Beethoven, Mark Twain, Elvis, Dr. Seuss, Charlie Chaplin, Snoop Dogg... La lista seguía y seguía.

Unas treinta personas estaban allí amontonadas, no sólo concentrados en las imágenes, sino también en los tres escenarios que ocupaban el lugar. En uno de ellos había una actuación de *kabuki*, teatro japonés. En otro, un grupo de artistas con batas llenas de manchones pulverizaban pintura en un lienzo colocado en una rueda que daba vueltas sobre sí misma. En el tercer escenario, dos espadachines con trajes ignífugos se batían en duelo con hierros en llamas.

Dan le dio un codazo a su hermana.

—¿En qué planeta estamos?

—Es increíble —respondió ella en un susurro—. Toda esta sociedad está celebrando el arte y la creatividad. Espero que seamos Janus. La cuestión es ¿cómo pasamos entre toda esta gente?

Dan se paró a pensar.

—Cuando vas al cine, ¿a qué prestas atención, a la audiencia o a la pantalla?

Ella frunció el ceño.

—¿De qué estás hablando?

—Tal vez podamos mezclarnos entre el gentío e ir atravesándolo poco a poco, hasta salir por el otro lado.

Amy no era aficionada a las multitudes, ni siquiera cuando era bienvenida al cien por cien. La idea de verse rodeada de treinta enemigos le daba náuseas. Por otro lado, era un plan... su único plan. Y esperar ahí en medio también era arriesgado. Era sólo cuestión de tiempo que alguien se diese cuenta de que eran intrusos.

—Vamos a intentarlo.

Salieron con naturalidad de detrás de la estatua; no iban corriendo, sino que fingían que eran parte de la multitud. Dan se acercó sigilosamente al público que asistía al duelo de las espadas en llamas. Amy se unió a la muchedumbre que observaba a los pintores del pulverizador, que estaban retirando su última creación de la rueda: un estallido de rojos y amarillos. Llegó justo a tiempo, pues los espectadores aplaudían clamorosamente, así que ella pudo unirse a la ovación. El nerviosismo se convirtió en alegría. ¡Lo había conseguido! ¡Era una de ellos! Un hombre que vitoreaba apasionadamente le dio una palmada en el hombro que casi la tira al suelo.

Estaba alejándose lentamente del entusiasmado fan cuando, de repente, vio el cartel:

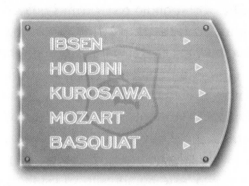

¡Mozart! Por supuesto, los Janus le habrían dedicado una sección a su miembro más famoso en el campo de la música. Llamó la atención de Dan al inclinar ligeramente la cabeza en dirección al rótulo. Él asintió. Como siempre, la clave estaba en Mozart.

Dado que todo el mundo estaba concentrado en las actuaciones, fue muy fácil para ellos escabullirse del atrio y dirigirse hacia otro pasillo bordeado de cuadros.

Atravesaron un par de salas dedicadas a importantes miembros de la familia Cahill y de la rama Janus antes de encontrarse con la puerta señalizada con las palabras MOZART: WOLFGANG, MARIA ANNA, LEOPOLD.

—¿Quién es Leopold? —preguntó Dan.

—El padre —respondió Amy—. Fue también un músico famoso. Dedicó su vida a mostrar al mundo el talento de sus hijos, especialmente el de Wolfgang.

La sala era pequeña, pero podría pertenecer a cualquiera de los museos que habían visitado, con elegantes muebles e instrumentos musicales del siglo XVIII.

—Estos tipos tienen más cosas de Mozart de las que tuvo el propio Mozart —observó Dan, mientras examinaba una pared cubierta de arriba abajo con vitrinas que estaban llenas de partituras musicales escritas a mano. Frunció el ceño cuando vio un libro muy grueso en la estantería de abajo.

—¿Qué es esto? Parece un libro del padre de Mozart.

—*Método para violín*. En el siglo dieciocho, era el libro para violín más famoso del mundo. —La muchacha suspiró profundamente—. Dan, ¡es el clavicordio que Mozart tocó cuando tenía tres años! ¿Te das cuenta? ¡Tú aún ibas con pañales a esa edad! Sin embargo, este hombrecito ya estaba pulsando sus teclas y escuchando qué notas combinaban entre sí.

—Tal vez Mozart también llevase pañales aún —respondió su hermano, a la defensiva—. Que seas un genio no quiere decir que hayas aprendido a usar un orinal.

Los ojos de Amy recorrieron todos los objetos que estaban en exhibición y se detuvieron en una caja de cristal que ocupaba el centro de la sala.

Guardados en su vitrina, había tres papeles amarillentos escritos con una caligrafía elaborada. Una caligrafía muy familiar...

—¡Las páginas que nos faltan! ¡Las que arrancaron del diario de Nannerl!

Dan se puso a su lado.

—¿Qué dicen?

—Están en alemán, tonto. Tenemos que sacarlas de aquí y enseñárselas a Nella.

—Eso va a ser verdaderamente complicado —dijo su hermano muy a su pesar, mientras señalaba un extraño artefacto conectado a la vitrina. Consistía en una fuente de luz brillante que tenía debajo una pequeña bandeja de porcelana blanca.

—He visto fotografías de esto. Sirve para escanear las retinas. Hay que poner la barbilla en la bandejita para que la luz te lea el ojo.

Amy asimiló la situación.

—Tal vez nuestros ojos pasen la prueba. Hay cuatro ramas en la familia, así que tenemos una oportunidad entre cuatro de tener retinas Janus.

—Y las tres restantes de salir escaldados. Amy, estos tipos tienen cuadros de tropecientos mil dólares sujetos a las paredes con un simple clavo y nosotros vamos justo a por la única cosa que guardan bajo estrictas medidas de seguridad. No lo entiendo, pero está bastante claro que si intentamos llevarnos esas páginas y nos cogen, la venganza va a ser bestial.

Amy se alejó del escáner. No había nada que detuviera a los Cahill y si la recompensa era el poder supremo, ¿el hecho de correr un riesgo supondría arriesgar su vida?

Sus ansiosos pensamientos se vieron interrumpidos por una voz famosa que provenía del vestíbulo, en la entrada a la sala de Mozart.

—¡Está bien este lugar! Mamá nunca me dijo que todos estos pesos pesados fuesen de los Cahill...

CAPÍTULO 14

Dan palideció. Se volvió hacia su hermana y exclamó:

—¡Jonah!

Amy arrastró al muchacho hasta detrás del clavicordio de la familia Mozart. Estaban atemorizados, ni siquiera se atrevían a respirar.

—Es impresionante —añadió otra voz, con acento italiano—. Sin duda alguna, los Janus hemos contribuido a las artes muchísimo más que cualquier otra familia en la historia de la humanidad.

—Sí, nosotros dirigimos el cotarro —alardeó Jonah.

—Aquí hay una obra que tal vez sea de especial interés para un estadounidense —le dijo el hombre a Jonah—. Quizá sea el cuadro más copiado de todos los tiempos: el retrato de vuestro primer presidente, George Washington, impreso en cada billete de dólar desde hace más de un siglo. Lo pintó Gilbert Stuart en 1796. Su bisabuela era Gertrude Cahill.

—Genial —dijo Jonah—. Pero creía que ese cuadro estaba en el Museo de Bellas Artes de Boston.

La voz del anfitrión mostraba un gran desagrado.

—Eso es tan sólo un burdo boceto. La mayor parte del lienzo permanece en blanco. Esta pieza es... ¿cómo se dice en tu idioma?

—¿El auténtico y verdadero? —sugirió Jonah.

—*Esattamente*. La mayoría de los artistas Janus reservan lo mejor que hacen para nosotros. Recuérdame que te enseñe *La noche estrellada* de Van Gogh completamente finalizada. El eclipse lunar es espectacular. Ahora, ven conmigo y te enseñaré...

Amy echó un vistazo por uno de los lados del clavicordio. Pudo ver a Jonah y a su padre acompañados por un hombre alto y delgado que llevaba su pelo azabache recogido en una cola de caballo. Se pararon ante la vitrina de cristal con las páginas del diario.

—Creo que esto es por lo que venías —anunció Cola de Caballo—. Forman parte del diario de Maria Anna Mozart.

Amy y Dan intercambiaron miradas de desconsuelo. ¿Habían llegado tan lejos sólo para ver cómo Jonah Wizard les robaba el premio delante de sus narices?

Jonah observó el escáner de retina.

—Serias medidas de seguridad... Estos papeles deben de ser muy importantes.

El anfitrión trató de disculparse.

—En realidad, no entendemos muy bien por qué son tan valiosas estas páginas en particular. Pero a lo largo de los siglos, han sido objeto de grandes disputas entre las ramas. Hay que ser prudentes y tomar precauciones.

El padre de Jonah tomó la palabra.

—Jonah no puede escanearse los ojos. Los tiene asegurados con el banco Lloyd's of London por once millones de dólares —protestó, mientras daba dos golpecitos en su móvil en señal de irritación—. Aquí no hay cobertura.

—Tranquilo, viejo. No creo que pase nada por una vez. —Jonah colocó su barbilla en la bandeja y miró a la luz. El aparato pitó y una voz computerizada anunció:

—Confirmación completa: Wizard, Jonah; madre: Cora Wizard, miembro del gran consejo Janus; padre: Broderick T. Wizard, no-Cahill, autorización Janus limitada.

El señor Wizard frunció el ceño. Obviamente no le hacía gracia ser un ciudadano de segunda clase en territorio Janus.

Cola de Caballo se puso unos guantes de látex y le entregó otro par a Jonah. Después deslizó la tapa de cristal antibalas, retiró las páginas de Nannerl y se las ofreció a la joven celebridad.

—Podrás revisarlas en nuestra oficina, por supuesto. Como comprenderás, no podemos permitir que abandonen la fortaleza.

—Estoy seguro de que a mi mujer le interesará conocer el modo en que dirige este lugar, como si fuera un campamento armado —se quejó el señor Wizard—, incluso con su propio hijo.

—Su mujer —respondió el guía con arrogancia— diseñó personalmente nuestros protocolos de seguridad.

—Está bien, papá —dijo Jonah, tratando de suavizar la situación—. Mamá está de acuerdo y yo también.

Tanto los Wizard como el guía dejaron la sala. Amy se dispuso a seguirlos, pero Dan la detuvo agarrando fuertemente su brazo.

—¿Qué vas a hacer? —susurró él—. ¿Atracar a Jonah Wizard en pleno cuartel general Janus?

—¡No podemos dejar que se vaya! —replicó ella—. ¡Si te parece le decimos ya que estamos todo lo que sabemos para que gane la competición!

—¡Conseguir que te cojan no va a cambiar eso! —insistió su hermano—. ¡Éste es su territorio! ¡Tendríamos que vérnoslas con un puñado de artistas chalados que estarían dispuestos a rompernos la cabeza por tan sólo tres hojitas porque aman este estúpido museo más que a su propia vida!

Ella lo miró primero asustada y después decidida.

—¡Tienes razón! ¡Harían cualquier cosa para proteger sus obras de arte! ¡Vamos!

Amy corrió hacia el vestíbulo. Dan la siguió confundido, pero preparado para actuar.

Un poco más allá estaban los Wizard y su anfitrión, que se dirigían al atrio a observar a los pintores del pulverizador con su rueda giratoria. Pronto estarían en medio de la multitud, así que era ahora o nunca.

Amy pasó corriendo por delante de Jonah, se subió al escenario y le arrebató un tubo de pintura roja a un desconcertado artista.

Jonah señaló a Amy.

—Eh, ¿no es esa...?

Antes de darle tiempo a finalizar la pregunta, Amy volvió a bajar del escenario. En pocos segundos se había convertido en el centro de atención, pero supo contener su temor a las multitudes en un rincón de su mente. Cada neurona de su cerebro estaba concentrada en lo que tenía que hacer.

Cola de Caballo se volvió hacia ella.

—¿Quién eres? ¿Cómo has entrado aquí?

Amy corrió hacia el legendario retrato de George Washington.

—¡Deteneos! —ordenó la joven, apuntando al cuadro de la pared con el bote de pintura—. Un paso más y George se bañará en rojo.

Cola de Caballo tenía los ojos como platos de lo aterrorizado que estaba.

—¡No te atreverás!

—¿Estás de cachondeo? —intervino Dan—. ¡Ésa es mi hermana! ¡Y está al borde de la locura!

Jonah guardó disimuladamente las páginas del diario en su chaqueta.

—¿Qué se os ha perdido por aquí, Cahill?

—Esos papeles que estás intentando esconder —le dijo Amy—. Entréganoslos.

—¡No valen nada! —farfulló Jonah, incapaz de creer que Amy y Dan consiguieran acorralarlo allí, en la fortaleza de su propia rama—. Son sólo basura, estaba buscando una papelera...

—Suéltalos, Wizard —dijo Dan, en tono amenazador.

—Olvídalo.

Amy empuñó el tubo de pintura a un centímetro de la cara del presidente.

—¡No tengo miedo de usarlo!

—¡Es un farol! —la acusó Jonah. Pero tras su fanfarronería, su confianza se estaba debilitando y se estaban abriendo grietas en la legendaria actitud de los Wizard.

—Dale un poco de color, hermana —sugirió Dan—. Hazle una casaca roja.

Amy dudó, sobrecogida por el sentimiento de culpabilidad. Aquel cuadro no tenía precio, se trataba de un tesoro de Estados Unidos y ella se veía obligada a destruirlo, o si no estarían perdidos. ¿Cómo habrían llegado las cosas hasta ese punto?

Suspiró profundamente y se armó de valor para llevar a cabo su heroica hazaña.

—¡No! —El grito de Cola de Caballo sonó como la sirena de un ataque aéreo—. ¡Podéis llevaros las páginas! ¡Pero, por favor, no dañéis ese cuadro!

El padre de Jonah estaba horrorizado.

—¡Usted no está autorizado para hacer eso! ¡Tal vez este lugar parezca un museo, pero no lo es! ¡Está hablando de entregar información vital al enemigo! ¡Lo que hay en juego es mucho más importante que un simple cuadro!

—¡Usted no es un Janus, señor! —gritó Cola de Caballo, muy enfadado—. Las personas como usted nunca apreciarán la única e insustituible fuerza vital de cualquier pieza de arte. ¡Deje en paz esa obra maestra!

—Última oportunidad —exclamó Dan.

Jonah dudaba. Él entendía la angustia de su anfitrión; el cuadro de George Washington era parte de la historia de los Janus. Pero su padre sabía que las páginas del diario, así como las pistas y la competición, podían formar parte de su destino. ¿Cuál sería la opción adecuada? ¿El presidente o Nannerl? ¿El pasado o el futuro? Nervioso, se movía de un lado a otro sin saber qué hacer, pues no estaba habituado a la inseguridad.

Los ojos de Amy se cruzaron con los de su hermano. No conseguirían una oportunidad mejor. De repente, se volvió inesperadamente y vació el tubo de pintura en las caras de los Wizard y de Cola de Caballo. En medio de la confusión, mientras los tres se frotaban los ojos llenos de pintura, Dan entró en acción: le arrebató las páginas a Jonah y, junto a su hermana, echaron a correr pasillo abajo. Lo último que oyeron antes de que una alarma ensordecedora empezase a sonar fue a Cola de Caballo tratando de tranquilizar a los Wizard:

—No se preocupen, no llegarán lejos.

Los dos hermanos siguieron corriendo por la espiral de los pasillos, adentrándose en el corazón del complejo subterráneo.

—¿No deberíamos estar subiendo en lugar de bajar? —preguntó Dan, que sujetaba las páginas bajo el brazo, como si fuera un balón de fútbol americano.

Amy asintió, sin aliento, mientras la sensatez de las palabras de su hermano disminuía la urgencia de su carrera. «Escapar» significaba encontrar la salida de la fortaleza y ellos estaban corriendo en dirección opuesta.

Fue entonces cuando la muchacha la localizó. Estaba parcialmente escondida tras una obra de arte moderno: una pirámide de latas de refresco, que ocultaba una puerta, tras la cual...

—¡Escaleras! —Amy agarró el brazo de su hermano—. ¡Vamos!

—¡Eh! —Jonah apareció en escena; su famoso rostro estaba manchado de rojo.

—¡Nunca lo conseguiréis! ¡Volved y podremos llegar a un acuerdo! —Sus gritos apenas podían oírse bajo el sonido retumbante de la alarma.

Su padre apareció detrás de él, seguido de Cola de Caballo y otros cuantos Janus. No parecía que quisieran llegar a un acuerdo, porque sus caras irradiaban pura rabia.

El mensaje voló entre los Cahill como si de la señal de un radar se tratara: «¡Ahora!».

Se abalanzaron sobre la estatua, enviando una avalancha de latas de refresco sobre sus perseguidores. Gritos de horror y de furia llenaron el ambiente cuando Jonah y los Janus resbalaron y tropezaron con las miles de latas vacías.

Con la alarma bombardeándoles los oídos, Amy y Dan subieron los peldaños de cemento a toda velocidad.

—¿Dónde estamos? —preguntó Dan jadeando mientras corrían—. ¿Se te ocurre alguna forma de volver a la tienda de discos?

Amy movió la cabeza sin saber qué hacer.

—¡Tiene que haber otra salida!

Pero cuando llegó al siguiente descansillo de la escalera se le vino el alma a los pies. Veinte metros más arriba, la salida a la escalera estaba bloqueada con una barrera de hierro.

Dan se arrojó contra la puerta.

—¡Ay! —Se apartó de ella, frotándose el hombro.

Amy trató de abrir el candado.

—¡No hay manera! —dijo jadeando—. ¡Tendremos que encontrar otra salida!

Empujaron una pesada cortina y entraron en el único vestíbulo que habían visto en todo el edificio en el cual no había ningún tipo de obra artística.

Dan arrugó la nariz.

—¿Qué es lo que apesta?

—Basura —respondió Amy—. Incluso los grandes artistas tienen que deshacerse de la porquería. Tiene que haber una salida por aquí.

Ya habían avanzado hasta la mitad del pasillo cuando dos figuras con ropa de trabajo aparecieron al final del mismo. Amy y Dan entrecerraron los ojos en la tenue luz para ver las llamas que bailaban en las espadas de duelo. Uno de los pintores del pulverizador apareció a su lado.

«¡Oh, no! —pensó Amy desesperada—. Toda la fortaleza está contra nosotros.»

Los Cahill trataron de escapar por donde habían entrado, pero Cola de Caballo y los Wizard les bloqueaban la retirada.

Jonah movió la cabeza, mostrando una simpatía falsa.

—Os dije que no había salida, chicos.

Estaban entre la espada y la pared, arrinconados por los Janus que se acercaban por ambos lados.

—¿Te queda algún otro milagro? —preguntó Dan, apretando los dientes.

Amy no respondió. Estaba ocupada observando una palanca que había justo en mitad de la pared. No parecía estar conectada a nada. El cartel decía BLOQUEO DEL AIRE, con su respectiva traducción en varios idiomas. Había dos posiciones: ENCENDER BOMBA y APAGAR BOMBA.

Siguió mirándola detenidamente. No tenía ni idea de qué tipo de mecanismo accionaría, pero una cosa estaba clara: no podría empeorar la situación. La muchacha colocó la palanca en posición ENCENDER BOMBA.

Y se obró el milagro.

CAPÍTULO 15

Una de las paredes se precipitó hacia atrás y reveló una cámara llena de agua. El agua fue succionada con un ruido potente y penetrante a través de una trampilla hermética que se quedó abierta. No había ninguna duda. Podría ser peligroso o incluso mortal, pero como estaban acorralados, parecía su única escapatoria.

Con Dan al frente, los hermanos subieron una escalera de metal.

El joven estaba consternado.

—¿De dónde habrá salido toda esta agua?

—¡Estás en Venecia, tonto! —Los brazos y piernas de Amy funcionaban como pistones—. ¿Recuerdas los canales? ¡Sigue subiendo!

—¡Mira! —exclamó él—. ¡Luz!

El sol del atardecer se filtraba a través de la rejilla del alcantarillado. Amy sintió pánico de repente, pues las tapas de alcantarilla son de hierro y pesan muchísimo. ¿Y si estaban atrapados?

Sus temores desaparecieron cuando Dan movió la tapa sin problemas.

—¡Es de plástico! —exclamó él. Atravesó la trampilla y ayudó a su hermana a subir.

Examinaron el lugar al que habían ido a parar. Estaban en un estrecho muelle de piedra en uno de los famosos canales de Venecia.

Dan miró a su alrededor asombrado.

—¡Mira! ¡Es como si el agua fuera la carretera! ¡La gente conduce barcos en vez de coches!

Amy asintió.

—Algunos venecianos apenas ponen un pie en la calle. En los canales pueden conseguir todo lo que les hace falta.

Su momento turístico se vio interrumpido cuando escucharon el eco de un zapato en la escalera metálica y la voz de Jonah diciendo:

—¡Por aquí!

Corrieron por una pasarela muy estrecha que conectaba su muelle a otro.

—¡Ah! —Dan se detuvo justo a tiempo, pues el pequeño puente terminaba de forma abrupta. Casi se da a sí mismo, y a las páginas del diario de Nannerl, un inesperado baño en las sucias aguas del canal.

—¡¿Qué vamos a hacer?! —gritó Amy.

Vieron cómo una lancha motora se paraba en el pequeño muelle en el que estaban y echaba amarras. Una joven muchacha salió y corrió hacia la casa adosada que colindaba con el muelle. Seguramente iba a hacer un recado rápido, porque había dejado las llaves en el contacto y el motor encendido.

Amy observó el aire de inspiración que reflejaba la cara de su hermano.

—¡Eso es robar!

Dan estaba ya entrando en el barco.

—Es tomar prestado. ¡Tenemos una emergencia! —dijo tirando del brazo de su hermana. Ella subió a bordo y sujetó al muchacho evitando que ninguno de los dos perdiese el equilibrio a causa del balanceo de la pequeña embarcación—. ¡Agárrate bien fuerte! —exclamó el muchacho, acelerando el motor.

La lancha rugió con fuerza y avanzó medio metro antes de pararse de golpe provocando un ruido ensordecedor.

—¡Has olvidado desatar la cuerda!

Amy se agachó para aflojar las amarras y la lancha se adentró en la vía fluvial.

Detrás de ellos, la alcantarilla falsa se abrió de nuevo, dejando paso a Jonah, a su padre y al hombre de la cola de caballo. Ellos corrieron hasta otro muelle y entraron en otra lancha motora. Varios Janus iban detrás de ellos y dos embarcaciones más salieron a las turbias aguas.

Dan aceleró en dirección a lo que más se parecía a un carril de adelantamiento en todo el canal. Las esbeltas góndolas se balanceaban con el movimiento del agua y los gondoleros movían los puños y gritaban enfadados.

—¡Dan, esto es una locura! —dijo Amy con voz temblorosa—. ¡Tú no sabes conducir barcos!

—¿Quién lo dice? Es como en mis videojuegos.

¡Plas! El parachoques de goma de un lateral de la lancha chocó contra el extremo de un antiguo embarcadero de adoquines. La pequeña embarcación giró sobre sí misma como una peonza lanzando a Amy contra la cubierta. Dan se agarró fuerte al timón y consiguió mantenerse en pie.

Se aferró a él como se aferra uno a la vida.

—De acuerdo, olvidémonos de los videojuegos. ¡Pensemos en los autos de choque! ¡A eso nadie me gana! ¿Te acuerdas de la última vez?

Su hermana estaba aferrada a la borda con pies y manos.

—¡Olvídate de los autos de choque y vámonos de aquí!

El muchacho obedeció la mirada de desesperación de su hermana, pues los Janus estaban cada vez más cerca. Los Wizard iban en cabeza, zigzagueando entre las lentas góndolas.

Dan entró en una curva muy cerrada con un ángulo demasiado abierto, y la lancha rebotó contra un barquito amarrado a puerto y saltó al medio del canal.

Amy estaba aterrada.

—¡Vas a conseguir que nos ahoguemos!

—¿Quieres que pare y así les damos a los Wizard la oportunidad de disfrutar haciéndolo ellos mismos? —respondió él, indignado.

Justo enfrente, el canal se dividía en tres vías fluviales. La de la izquierda era muy estrecha, irregular e inhóspita. Tal vez los Janus prefiriesen evitarla, así que Dan se adentró en ella.

—¡Estaré agradecido eternamente a los venecianos del pasado que diseñaron estos canales!

—No creo que nadie los haya construido —dijo Amy, jadeando—. Venecia es un conjunto de islitas que están tan juntas que el espacio entre ellas forma vías fluviales.

—Bueno, pues eso, que son geniales. Ojalá esta estúpida barca pudiera ir más rápido.

Amy miró hacia atrás nerviosa.

—Tal vez los hayamos perdido.

Su hermano no estaba tan convencido.

—No por mucho tiempo. Escucha, si Jonah nos atrapa, será mejor que las páginas de ese diario hayan desaparecido. Tenemos que deshacernos de ellas.

—¿Deshacernos de ellas? —preguntó Amy confusa—. ¡Casi perdemos la vida por sacarlas de esa fortaleza!

—Por eso tenemos que esconderlas en un lugar seguro. Después, cuando todo se haya calmado, podremos venir a buscarlas.

Ella estaba muy nerviosa.

—¡No conocemos Venecia! ¡Si escondemos esas páginas, tal vez no consigamos volver a encontrarlas nunca!

—Por eso tenemos que encontrar un lugar imposible de olvidar.

—¿Como qué?

—Como eso.

Pasaron bajo un puente de poca altura que estaba al lado de una modesta iglesia, Santa Luca. Una pequeña embarcación de recreo había amarrado allí. Estaba parcialmente oculta por la pasarela y tenía un nombre pintado en la proa: *Royal Saladin*.

El joven apagó el motor de la lancha, permitiendo que ésta se deslizase hacia el otro barco.

—¡Demasiado rápido —gritó la muchacha!

El choque hizo tambalear a los dos barcos y Amy estuvo a punto de caerse al canal. Miró fijamente a su hermano.

—¿Hace falta que conduzcas como un loco?

Él parecía ofendido.

—Creí que lo estaba haciendo genial. Está bien, mantén los dos barcos juntos, ¿vale?

Amy sujetó la barandilla de seguridad del *Royal Saladin*, sorprendida al ver lo fácil que era mantener los dos barcos en la misma posición.

Dan saltó a bordo del pequeño barco y empezó a buscar un escondite.

—Asegúrate de que sea un lugar seco —puntualizó Amy—. Si los papeles se mojan, se estropearán.

—Lo he encontrado.

La popa estaba rodeada de bancos empotrados. El muchacho abrió la cremallera del cojín impermeable de uno de los asientos, sacó las páginas de Nannerl de su chaqueta y las introdujo en el escondite.

Poco después de que Dan saltase de vuelta a su lancha, se oyó el rugido de las fuerabordas, que giraban en una curva del canal. Jonah Wizard seguía en la proa del primer barco, como un adorno al estilo hip-hop, señalando al frente y gritando.

—¡Vámonos! —gritó Amy.

Dan pisó con fuerza el acelerador y la lancha salió disparada hacia adelante dejando tras de sí una nube de humo de gasolina quemada.

Los Cahill salieron en cabeza, pero era imposible que consiguiesen escapar de sus rápidos perseguidores. Su única oportunidad consistía en perderse en el laberinto de canales, pero no iba a ser fácil, porque delante de ellos, el estrecho canal se unía a una enorme y bulliciosa vía fluvial rebosante de tráfico marítimo.

—El Gran Canal —dijo Amy impresionada—. Y ahí está el Ponte di Rialto, uno de los puentes más famosos del mundo.

—¡No necesitamos una visita guiada! ¡Lo que queremos es un lugar en el que desaparecer!

La lancha se adentró en el enorme canal. Dan miró hacia atrás, Jonah y los Janus estaban a medio kilómetro de distancia y cada vez se acercaban más.

Fue entonces cuando lo vio: un reluciente y moderno yate que estaba al lado del puente Rialto, entre las docenas de barcos del agitado canal. Primero pensó que el barco había echado amarras allí, pero al verlo de cerca, comprobó que estaba a unos cinco metros de la orilla, a la deriva, balanceándose en el agua, de forma imperceptible.

«Si pudiésemos escondernos detrás de eso...»

Él señaló el hueco que había entre el barco y la pared.

Amy entendió lo que decía.

—¿Crees que podemos escondernos? ¡No conseguiremos llegar a tiempo!

Dan pisó el acelerador con fuerza.

—Pues claro que lo haremos.

—¿Cómo puedes estar tan seguro?

No estaba seguro de nada... salvo de que tenían que seguir con el plan. Lo único que podían hacer era intentarlo. Y rezar.

CAPÍTULO 16

Los ojos de Amy estaban clavados en el lugar por donde ella sabía que Jonah y los Janus aparecerían en cualquier momento.

En el último momento, Dan levantó el pie del acelerador y la lancha flotó hasta la sombra del yate justo cuando el barco de Jonah entraba en el Gran Canal.

De pie en la proa, la joven estrella inspeccionó la enorme vía fluvial de arriba abajo. Había perdido de vista a los Cahill.

Su padre apagó el móvil enfadado.

—He llamado a todos nuestros contactos en las emisoras de radio de Venecia, pero nadie tiene un helicóptero de tráfico en el aire en este momento.

—Su embarcación es muy lenta —añadió Cola de Caballo—. No pueden estar muy lejos.

Jonah asintió.

—Separémonos. Nosotros pasaremos el puente y examinaremos esa zona. Diles a los demás que vayan en la dirección opuesta.

Cola de Caballo dio las instrucciones a sus colegas Janus y los dos barcos salieron en dirección a la bahía de San Marco.

Después, encendió el motor y navegó entre los arcos de piedra del puente de Rialto.

A hurtadillas, los fugitivos echaron un vistazo por encima de la borda y comprobaron que Jonah y compañía habían desaparecido en la distancia.

—Se han ido —susurró Amy—. ¿Y ahora qué?

Dan se acercó a ella.

—No lo sé. La verdad es que no esperaba que esto funcionase.

—Vayamos a por las páginas y busquemos a Nella —sugirió Amy—. Los Janus no tardarán en volver.

Dan encendió el motor y separó la lancha del yate.

—Creo que voy mejorando. Hace unos diez minutos que no choco con nada.

—Eso sí que es un milagro.

Oyeron el zumbido de un potente motor y el agua en la popa del lujoso yate empezó a agitarse.

—Acaban de arrancar —comentó Amy—. Menos mal que no se les ha ocurrido hacerlo mientras los Janus aún estaban por aquí.

Cuando la pequeña embarcación se encaminó hacia el centro del canal, el yate empezó a moverse también, maniobrando hasta colocarse justo detrás de ellos, y la sombra de su puntiaguda proa cayó sobre los dos hermanos.

Dan pisó el acelerador.

—Será mejor que nos apresuremos un poco. Estos tipos podrían arrollarnos y pensar que han chocado con un pez de colores.

Dieron marcha atrás en el ancho canal y viraron bruscamente para entrar en la pequeña vía fluvial donde estaba el

Royal Saladin, el barco donde habían escondido las páginas del diario de Nannerl.

—¡Mira, Dan!

Los Cahill observaron perplejos cómo el moderno yate maniobraba hábilmente para entrar en el pequeño canal.

—¿Por qué iba a querer alguien conducir un barco tan grande en un regato tan diminuto? —preguntó Amy, consternada—. Podría atorarse.

—Sólo hay una razón —respondió Dan, desalentado—, y es que nos está siguiendo.

—Pero ¿por qué? No es un barco de los Janus.

—Tal vez no, pero nos está siguiendo la pista.

Dan pisaba el acelerador al máximo, pero el yate mantenía el ritmo sin problemas. Sin duda alguna, la lujosa embarcación podría adelantarlos cuando quisiera.

Los Cahill se cruzaron con la iglesia de Santa Luca y pasaron por debajo del pequeño puente donde el *Royal Saladin* estaba amarrado. Amy miró hacia atrás atemorizada y se sorprendió al comprobar que el yate se había quedado bastante atrás, totalmente parado en medio del agua.

—¿Qué están haciendo? —preguntó Dan—. ¡Ya casi nos tenían!

Amy cayó en la cuenta.

—¡Tienen demasiada altura! ¡La cubierta superior no pasaría bajo el puente!

—¡Sí! —exclamó Dan haciéndole un gesto grosero al yate, que ahora estaba dando la vuelta para volver al Gran Canal—. ¡En toda la cara, barcaza idiota!

—No podemos recoger las páginas del diario ahora —advirtió Amy—. Jonah no puede vernos, pero sea quien sea el del yate, nos verá.

Dan no levantó el pie del acelerador.

—No hay problema. Vamos a despistar a este tipo y después volveremos a por nuestras cosas. —A toda velocidad, se paseó con la lancha por pequeños afluentes, demasiado estrechos para un barco tan grande—. ¡Fuera de mi camino, marinero de agua dulce, que viene el Capitán Dan! —Chocaron contra un muelle de piedra y la lancha se tambaleó—. ¡Ay!

—Espero que sepas dónde estamos —dijo Amy nerviosa.

—Tranquila. —Dan dirigió la lancha por otro estrecho canal y allí, delante de ellos, estaba el Gran Canal—. Una vez que estemos en el canal principal, será fácil encontrar la vía fluvial donde estaba el *Royal Saladin*.

El motor rugió, empezaba a fallar, pero Dan no tuvo piedad: pisó el acelerador al máximo obligando al pequeño aparato a darlo todo de sí. El viento que sentía en la cara complementaba su deleite. En pocos segundos estarían en el Gran Canal.

—¡Aha! —gritó animado—. ¡Ni siquiera una canoa de un millón de dólares es suficiente para ganar a un Cahill en astucia!

De repente, una reluciente pared metálica les cortó el paso. Justo donde un segundo antes brillaban las aguas del amplio canal, ahora el moderno yate les bloqueaba el camino con toda su extensión.

Desesperado, Dan trató de dar marcha atrás, pero no hubo forma. El motor hizo un ruido ensordecedor y se paró. Los Cahill siguieron su rumbo en dirección al enorme yate.

Amy escuchó a alguien gritar y reconoció su propia voz. Dan cerró los ojos, ésa era su única opción.

La lancha embistió contra el casco de acero y se hizo añicos como la maqueta de una balsa de madera.

Todo se volvió oscuro.

CAPÍTULO 17

Amy no seguía en Venecia.

Estaba de pie en una extraña cámara subterránea excavada en piedra caliza bajo una iglesia, en el barrio parisino de Montmartre. Ante ella había un fresco descolorido de cuatro hermanos llamados Cahill. Luke, Thomas, Jane y Katherine, los ancestros de las ramas de la familia: Lucian, Tomas, Janus y Ekaterina. Y en la distancia, se veía una casa ardiendo. Ya entonces, tantos siglos atrás, había conflicto, violencia y tragedia.

«Aún seguimos igual, ojo por ojo y diente por diente. Esta vez es por las 39 pistas. ¿Por qué se pelearían entonces?»

La imagen cambió y mostró otro edificio en llamas. Amy sintió una punzada de dolor, pues estaba viendo la casa de su niñez y a sus pobres padres, atrapados en ella...

Confundida por la angustia, no podía razonar. «¿Cómo puedo estar recordando esto? ¡Yo no vi cómo se quemaba la casa! ¡A mí tuvieron que sacarme de allí!»

A Amy y a Dan los habían rescatado, pero a sus padres...

El estallido de dolor era demasiado intenso, como un viento huracanado imposible de soportar.

«Que pare ya...»

La imagen cambió, ahora veía algo que recordaba perfectamente: el funeral. Había nubes oscuras, trajes y velos negros. También había lágrimas, muchas, pero aun así, no las suficientes. Ni por asomo. Rostros sombríos: el de Dan, que con cuatro años de edad no podía comprender la magnitud de las consecuencias de aquella desgracia; el de Grace, que ahora también se había ido; el de la odiosa tía Beatrice y el del señor McIntyre, ¿sería su amigo o su enemigo? Era imposible saberlo...

Más allá de los sepulcros, poco definido entre la niebla que se levantaba desde el suelo, pudo distinguir otra figura, vestida completamente de negro.

«¡Imposible! ¿Cómo iba a recordar eso?»

Pero la figura de su enemigo iba cogiendo forma: tenía pelo gris y una mirada penetrante. Movía los labios, llamándola. ¿Qué decía?

—Amy...

Se despertó sobresaltada. Dan se arrodilló a su lado y le sacudió el brazo delicadamente. Él tenía el pelo y la ropa mojados. Ella sintió que su camiseta y sus vaqueros estaban fríos y húmedos; además, tenía los dedos de los pies encogidos dentro de sus empapados calcetines y deportivas. Le dolía todo el cuerpo a causa de los innumerables cardenales y chichones. Dan tenía los labios hinchados y un corte que le había dejado en la cara una herida abierta.

La lancha, el «accidente»...

Se sentó en un camastro.

—¿Dónde estamos?

La habitación, aunque diminuta, era también extremadamente lujosa, tenía paneles oscuros y de buena calidad y los cajones y armarios empotrados decorados con elaborados adornos de latón.

—Shhh —susurró su hermano—. Creo que estamos en el yate.

Tambaleándose, consiguió ponerse en pie. El suelo se balanceó suavemente y se oyó el agua salpicando el barco por debajo de ellos.

—La puerta está bloqueada —dijo Dan, viendo cómo los ojos de su hermana buscaban la trampilla más próxima—. He oído voces fuera, aunque no creo que la de Jonah estuviera entre ellas.

Amy parecía nerviosa.

—Tengo un mal presentimiento sobre esto, Dan. ¿Y si hemos escapado de los Janus sólo para caer en manos de otros peores?

—¿Peores? —preguntó Dan.

Ella se mordió el labio.

—¿Crees que podrían ser los Madrigal?

En la búsqueda de las 39 pistas, los misteriosos Madrigal eran un factor impredecible. Amy y Dan no poseían ninguna información sobre ellos, aunque, afortunadamente, William McIntyre les había hecho una advertencia: «Tengan cuidado con los Madrigal». El abogado había rechazado darles ningún otro detalle, pero su cara sombría y el profundo tono de voz lo decían todo. No cabía ninguna duda de que aquel grupo era extraordinariamente poderoso y posiblemente mortal.

La trampilla se abrió repentinamente.

—¿Qué sabéis vosotros de los Madrigal?

Pelo oscuro, piel canela y atractivos rasgos faciales. Amy siempre se sentía culpable de encontrar guapo a Ian Kabra. Natalie, su hermana, entró en el camarote detrás de él.

No eran los Madrigal, pero aquello no mejoraba la situación. De todos los demás equipos, los Kabra eran los más despiadados. Como Irina Spasky, eran Lucian, la rama confabuladora y de sangre fría de los Cahill.

Dan hizo un gesto arrogante.

—¡Seguro que sabemos mucho más que vosotros!

Natalie puso los ojos en blanco.

—Nadie entiende a los Madrigal. Nadie sabe a ciencia cierta quiénes son.

—Nadie excepto Grace —fanfarroneó Dan—, ¡y ella nos lo dijo!

—¡Mentiroso! —Ian se puso rojo de ira.

Dan sonrió.

—Molesta, ¿verdad? Parece que no te gusta nada que alguien sepa algo que tú desconoces.

—Nuestros padres nos lo cuentan todo —dijo Ian con arrogancia—. No como vuestra preciosa Grace, que os dejó en la oscuridad y no os dio ni una pista para que fracasaseis en la competición.

—Tranquilízate —le dijo Natalie a su hermano—. Está intentando sacarte de tus casillas... y lo está consiguiendo. Para ser más inteligente que un superordenador, a veces eres bastante idiota.

—¿Qué queréis? —preguntó Amy.

—Sólo lo que robasteis en la fortaleza Janus —respondió Natalie razonablemente.

—No tengo ni idea de qué estáis hablando —dijo Dan, testarudo.

—No te hagas el tonto —respondió Ian—, aunque esté en tu naturaleza...

—Sabemos que las salidas de la fortaleza están en algún lugar en la red de canales —interrumpió su hermana—. Hemos puesto cámaras de vigilancia por toda Venecia, pero Jonah acabó persiguiéndoos a vosotros, así que... sólo hay que unir los puntos.

—Estuvimos en la fortaleza —admitió Amy—, pero no nos hemos llevado nada. Allí sólo hay un museo de arte.

—Registradnos si no nos creéis.

—Como si no lo hubiéramos hecho ya... —respondió Natalie exasperada—. Te veo más delgada, Amy. No creo que esta competición sea buena para tu salud.

Amy ignoró el comentario.

—Entonces sabréis que decimos la verdad.

—Me dais asco —dijo Ian escupiendo en el suelo—. Es como si acabaseis de salir de una alcantarilla.

—Es que acabamos de salir de una alcantarilla —respondió Dan, defendiéndose.

—Es una pena que no os quedaseis atrapados para siempre en los túneles de Salzburgo después de la explosión.

—¡Fuiste tú! —acusó Amy.

Ian resopló.

—¿Crees que fue muy complicado engañar a Alistair para que pensase que estábamos aliados? Deberíamos haberle dado al viejo insecto palo una bomba más grande. Así nos habríamos librado para siempre de todos vosotros.

Natalie suspiró.

—Olvídalo, Ian. No tienen nada. ¡Capitán! —gritó abruptamente.

Un fornido marinero apareció en la escalerilla.

—¿Sí, señorita?

—Hay que sacar a estos polizones del barco.

—¡No somos polizones! —protestó Dan—. ¡Vosotros hundisteis nuestra barca y nos sacasteis del canal!

—Tienes razón —admitió Ian—. Devuélvalos al canal... y no sea «demasiado delicado».

La expresión del capitán era impasible mientras arrastraba

a los Cahill a la cubierta. Los agarraba con una fuerza que a Dan le traía recuerdos de sus relaciones con los Holt.

Había anochecido y las luces de Venecia los rodeaban. Estaban en el Gran Canal, a seis metros de la ribera, y se movían lentamente.

—Venga, hombre —le persuadió Dan—. Denos un respiro.

El hombre no mostró ningún tipo de emoción.

—Tengo que cumplir órdenes.

Y con un solo movimiento, Dan atravesó la barandilla. Se agarró las rodillas y cayó al agua al estilo «bomba». Unos segundos más tarde, Amy emergía a la superficie del canal un metro más allá, sacudiéndose frenéticamente y jadeando.

Ninguno de los dos estaba consciente cuando tuvo lugar el accidente, así que no se acordaban de qué sensación tuvieron al tocar el agua. Estaba congelada e hizo que sus corazones empezasen a latir a toda velocidad. Cargados de adrenalina, se las arreglaron para llegar a la ribera y para trepar el muro.

Dan se sacudió como un perro mojado.

—Venga, vamos a buscar las páginas del diario.

—No podemos. —Amy se abrazó a sí misma, tratando de calentarse—. No encontraremos las 39 pistas si sufrimos una hipotermia. Necesitamos ropa seca y a Nella.

Dan miró resentido al yate que, en la distancia, se alejaba.

—Un lanzagranadas tampoco nos vendría nada mal.

—No digas eso. La mejor forma de vengarse de los Cobra es ganándolos.

—Estoy de acuerdo contigo —le dijo el joven—. ¿Dónde buscamos a Nella? Hace por lo menos un siglo que nos fuimos de la tienda de música.

—No importa —dijo Amy segura de sí misma—. Ella es leal. No se marcharía sin nosotros. Se llamaba DISCO VOLANTE. Espero que los taxistas acuáticos la conozcan.

Dan metió la mano en su bolsillo empapado.

—Y yo espero que no les importe cobrar en euros mojados.

Nella Rossi nunca había estado tan preocupada.

La joven se recostó en el banco de madera, con los ojos entrecerrados bajo la tenue luz de la farola en la puerta de DISCO VOLANTE.

El empleado al que ella había estado distrayendo había cerrado la tienda y se había ido hacía ya una hora, sin ni siquiera darse cuenta de que ella todavía estaba allí, montando guardia.

¿Dónde estarían Amy y Dan? ¿Cómo era posible que dos niños entrasen en una tienda de música y no volvieran a salir jamás?

—Miau —respondió *Saladin*, desde su regazo.

—Para ti es muy fácil decirlo —respondió Nella—, porque tú no estás a cargo de ese par de lunáticos.

Llevaba ya cuatro horas dándole vueltas al asunto. Su dilema era: ¿cuándo sería el momento de llamar a la policía?

Nunca lo habían discutido porque siempre había sido algo impensable. Si llamaban a la policía serían descubiertos y, tarde o temprano, acabarían bajo la custodia de los servicios sociales de Massachusetts. Y eso los dejaría definitivamente fuera de la competición. Sin embargo, ahora estaba empezando a pensar que si llamaba a la policía serían rescatados y se salvarían, así que el lugar en el que acabasen no era ya tan importante.

—Espera aquí —le dijo a *Saladin,* como si el gato tuviese otra opción. Ni siquiera ella misma estaba segura de lo que iba a hacer. Tiraría un ladrillo contra el escaparate, probablemente, e irrumpiría en la tienda. Así podría decir que fue arrestada en dos ciudades europeas, en lugar de sólo en una.

Cuando se aproximó a la tienda, dos oscuras figuras salieron de detrás de la esquina del edificio. Ella se escondió en un portal para poder espiar a los recién llegados que se acercaban a DISCO VOLANTE, caminando con dificultad y lentamente. Eran un hombre y una mujer, pero no parecían adultos...

Cuando reconoció a Amy y a Dan corrió hacia ellos y los abrazó con fuerza.

—¡Chicos... por fin! Estaba a punto de... ¡puaj! ¿Por qué estáis tan mojados?

—Es una historia muy larga —dijo Amy, cansada—. Primero necesitamos ponernos ropa seca y después tenemos que ir a recoger algo.

—Te lo explicaremos por el camino —prometió Dan.

Encontraron un rincón que les ofrecía algo de intimidad. Amy y Dan tenían tanto frío que cambiarse de ropa al aire libre les pareció una agonía, pero una vez secos sintieron que la sangre volvía a circular por sus cuerpos. Ahora venía la parte difícil: localizar la iglesia de Santa Luca, preferentemente a pie y no a través del sistema de canales. Dieron unas cuantas vueltas antes de encontrar una oficina de turismo en la que pedir un mapa de la ciudad.

—Increíble —exclamó Amy maravillada mientras marcaban su recorrido entre las calles y puentes de la ciudad—. Los fundadores de Venecia convirtieron un conjunto de rocas en una de las ciudades más asombrosas del mundo.

—Estaré de mejor humor para asuntos históricos cuando tenga las páginas del diario de Nannerl en mis manos —anunció Dan.

Caminar entre las serpenteantes calles los hizo sentirse como ratas en un laberinto. A menudo pudieron ver perfectamente adónde querían ir pero no conseguían llegar porque había un canal en el medio. A este hecho, había que añadir el problema de que el horizonte de Venecia está plagado de cúpulas y campanarios y que ellos estaban buscando en la oscuridad. Después de más de una hora caminando, aparecieron detrás de una pequeña iglesia de piedra.

—Es aquí —dijo Dan—. ¿Ves? Ahí detrás está el puente.

La noche estaba tranquila... sólo se oía el sonido distante de los barcos. Dejaron a Nella y a *Saladin* delante de la iglesia y ellos corrieron hasta el canal, detrás del edificio.

Amy señaló algo y dijo:

—¡Mira!

Una antigua escalera de piedra bajaba al muelle, debajo del puente.

Los dos hermanos corrieron en busca del *Royal Saladin*, pero ya no estaba allí.

CAPÍTULO 18

Amy se mareó tanto que estuvo a punto de perder el sentido.

—Tranquila —se dijo a sí misma—. No te dejes llevar por el pánico.

—¿Y por qué no? —preguntó su hermano con amargura—. Si hay un momento perfecto para dejarse llevar por el pánico, es éste. ¿Dónde demonios está el barco?

—Es que... Dan —se quejó ella—, ¿cómo se te ocurre esconder las páginas del diario en algo que puede marcharse en cualquier momento?

Dan parecía irritado. Se sintió angustiado, desilusionado y frustrado, una mezcla tóxica.

—¡No tenía elección, Doña Perfecta! ¡Estaba en una lancha motora y tenía a casi todos los Janus persiguiéndome! ¿Y qué ayuda recibí de mi querida hermana? «Pero ¡si no sabes conducir barcos!» Eso es lo único que me dices siempre: «No puedes», «No deberías», «Es imposible». ¡Si conseguimos escapar de ellos, fue gracias a mí!

—La cuestión no es escapar —puntualizó Amy—, sino encontrar pistas, y eso es imposible sin las páginas del diario.

—¡Que los Cobra nos habrían robado si yo no las hubiera escondido en el *Royal Saladin*! —respondió Dan—. ¡Tú piensas

UNA NOTA FALSA

143

que yo soy un bebé tonto demasiado inmaduro como para entender qué nos estamos jugando! Pero no te das cuenta de que sin mí no lo conseguirás. Es una competición, una búsqueda... ¿quién es mejor en estas cosas, tú o yo?

Ella frunció el ceño.

—No estamos hablando de bombardear el vecindario con globos de agua...

—¡Estás tratándome como un niño de nuevo! —gritó él enfurecido—. ¡Vale! ¡Me gustan los cohetes y los globos de agua! ¡Y los petardos! ¡Y me gusta chupar las pilas! ¡Yo experimento!

—Eres un Madame Curie de baja categoría.

—Por lo menos yo pruebo a hacer cosas —insistió él—. Eso es mejor que quedarse ahí sentado mordiéndote las uñas y preguntándote si deberías intentarlo o no.

Su hermana suspiró abatida.

—Está bien, lo siento. Aun así no hemos respondido la pregunta del millón: ¿qué hacemos ahora?

Él se encogió de hombros. Todavía estaba enfadado con ella, pero no tenía sentido seguir discutiendo.

—Esperaremos. ¿Qué otra cosa podemos hacer? Si el barco echó amarras aquí una vez, tal vez vuelva a hacerlo.

Ella pronunció las palabras que a él tanto le aterraban... la plausible fatalidad que lo angustiaba:

—¿Y si amarró aquí una vez de pura casualidad? ¿Y si hemos perdido las páginas para siempre?

Dan no supo qué responder. De repente, el cansancio acumulado pudo con él. Cinco horas en el coche, la persecución de la limusina, DISCO VOLANTE, la fortaleza Janus, la evasión en el canal, los Cobra... y ahora esto. Podría haberse tumbado en el camino de piedra y dormir un año entero.

Un agotamiento aplastante succionaba la fuerza de cada una de las células de su cuerpo. Se sintió viejo a los once años.

Amy pareció percibirlo, pues se mostró compasiva al colocar el brazo por encima de sus hombros mientras volvían con Nella para ponerla al día de los últimos contratiempos.

—Podríamos estar esperando mucho tiempo —le dijo Amy—, tal vez deberías buscar un hotel y dormir unas horas.

—Si creéis que os voy a dejar solos un minuto más en el día de hoy, es que habéis estado bebiendo agua del canal —respondió la niñera severamente—. Volved y seguid esperando. Yo estaré aquí.

—¡Miau! —añadió *Saladin*, adormilado.

Así era la buena de Nella. La muestra de apoyo les levantó algo los ánimos. La idea de que alguien cuidase de ellos, alguien mayor, aunque no mucho más que ellos, parecía casi paternal. Era una simple luz en la infinita oscuridad, donde Amy y Dan Cahill llevaban mucho tiempo sin ver nada.

Sin embargo, cuando se acomodaron detrás de la iglesia preparándose para la larga espera, la negra realidad se apoderó de ellos. Si no conseguían recuperar los papeles escondidos en la funda del cojín del *Royal Saladin*, estaban perdidos.

Se lo habían jugado todo en aquella competición. Un fracaso los dejaría como simples fugitivos de los servicios sociales de Massachusetts. Huérfanos sin techo, desposeídos de su pasado y de su futuro, perdidos por el mundo sin familiares ni conocidos.

Los minutos les parecieron meses, como si el tiempo se hubiera ralentizado por la gravedad de su situación. Se abrazaron a sí mismos para protegerse de la bochornosa humedad de la noche, enfriada por el temor y la incertidumbre.

Amy se fijó en las luces de Venecia, que se reflejaban en el agua.

—Es raro, ¿verdad? Que puedan pasar tantas cosas malas en un lugar tan bonito.

Dan estaba concentrado en sus pensamientos.

—Tal vez deberíamos robar otro barco, así al menos podríamos cruzar los canales. El *Royal Saladin* estará en algún lado. —Él la miró fijamente—. Rendirnos no es una opción válida.

—¿Y si el *Royal Saladin* vuelve un minuto después de que nos hayamos ido? Aquí estamos y aquí nos quedaremos.

Para Dan, aquella espera era una horrible tortura. Hacer «algo», aunque no fuese lo más acertado, era más fácil que quedarse sentado. La primera hora fue insufrible, la segunda les produjo literalmente un dolor físico, pero a la tercera, estaban ya entumecidos y completamente hundidos en la desesperación mientras los ruidos de la ciudad disminuían; sólo se podían oír las olas del mar y la distante música de un acordeón.

Siempre habían sabido que la competición era una apuesta arriesgada, pero ninguno de los dos se esperaba una derrota de ese tipo: la desdicha de colocar unos papeles con información vital en un escondite que levó anclas y se marchó.

Los dos se sentaron mirando hacia el canal desde el sendero de piedra. ¿No estaba la música más alta?

La melodía sonaba cada vez más cerca y un barco apareció detrás de la curva del canal, iluminado como un árbol de Navidad. La cubierta de la popa estaba atestada de juerguistas, que bailaban y celebraban salvajemente.

Amy y Dan se unieron a la celebración. Era el *Royal Saladin*.

Dan observó la verbena desde la oscuridad.

—¿Una fiesta?

—No es una fiesta —respondió Amy—. ¡Es una boda!

Los novios salían de la cabina del timón, mientras unas niñas les tiraban pétalos de rosas. La gente reía y brindaba con champán. Unas quince personas apretujadas ocupaban la pequeña embarcación, incluyendo al acordeonista, que apenas mantenía el equilibrio en una plataforma de inmersión.

Dan no sacaba el ojo de encima del cojín donde sabía que estaban escondidas las páginas de Nannerl.

—De los cinco mil barcos que hay en Venecia, ¡escojo justo el del túnel del amor! ¿Qué vamos a hacer ahora? Este alboroto podría durar toda la noche.

—No creo, ¿ves?

Dos hombres vestidos de esmoquin trataban torpemente de sujetar el *Royal Saladin* al muelle del puente. Necesitaron varios intentos, y el padre de la novia casi se cae al canal, pero finalmente consiguieron amarrar la embarcación y la fiesta se trasladó a la ribera.

Amy y Dan se escondieron detrás de una pared mientras los huéspedes subían a la iglesia de Santa Luca. El padrino fue el último en subir. Antes de marcharse del *Royal Saladin*, escogió al cojín del banco como su «pareja», y bailó con él hasta llegar al muelle acompañando al acordeonista.

Los corazones de los Cahill latían a toda velocidad, pues se trataba del cojín que contenía las preciosas páginas del diario.

Los demás se reían y aplaudían mientras el padrino danzaba hacia la escalera.

Una fina película de sudor se formó en las cejas de Dan. «¿Qué está haciendo ese payaso? ¿Será tan estúpido como para llevar un cojín a una boda?»

En el último momento, el hombre lanzó el preciado objeto

de nuevo al *Royal Saladin* y siguió al resto de la gente, que ya había subido la escalinata.

Amy y Dan se agacharon en silencio mientras los invitados cruzaban el patio de la iglesia y entraban en Santa Luca. Incluso después de escuchar el portazo que dio la última persona, permanecieron un rato quietos y escondidos. Después de todos los infortunios que habían vivido en ese día, no les habría extrañado que un meteorito atravesase el cielo a toda velocidad y los vaporizase si osaban moverse.

Finalmente, Dan se levantó.

—Venga, vamos a por esas páginas antes de que acaben en el crucero de la luna de miel.

Su hotel en Venecia era barato, básicamente porque no tenía vistas al agua. Ésa había sido la única condición de los Cahill.

—No más canales —dijo Dan con firmeza—. Los odio.

Mientras Amy y Dan se daban largas duchas para entrar en calor y lavarse bien la suciedad de las aguas del canal, Nella se mantuvo ocupada con las páginas del diario. Sólo eran tres hojas escritas a mano, pero contenían información muy útil.

—No vais a creer esto, chicos —anunció Nella—. No me extraña que alguien arrancara estas páginas. En ellas, Nannerl explica lo preocupada que estaba por su hermano porque pensaba que se estaba volviendo loco.

—¿Loco? —preguntó Dan—. Pero... ¿loco como cuando haces el pino y escupes monedas?

—Estaba arruinándose completamente —explicó Nella, siguiendo con su dedo la pomposa caligrafía del texto en alemán—, gastaba más dinero del que ganaba. Pero la cuestión es que... las cosas que compraba eran inútiles y raras. Importaba ingredientes raros y caros del extranjero.

Los oídos de Amy se reanimaron con la palabra «ingredientes».

—¿Os acordáis del soluto de hierro? También es un ingrediente. Todo esto debe de estar relacionado con las 39 pistas de alguna manera.

—Mozart estaba involucrado hasta las cejas —añadió Dan—, igual que Ben Franklin.

Nella pasó la página.

—El diario también menciona a Franklin. Aquí. Mozart estaba en contacto con él. ¿Sabes cómo lo llama Nannerl? «Nuestro primo americano.» ¿Y a que no adivináis quién era un Cahill también? Nada más y nada menos que María Antonieta.

—¡Estamos emparentados con la reina de Francia! —exclamó Amy asombrada.

—Y con la familia real austríaca también —añadió Nella—. Ahí está la conexión: María Antonieta y Mozart se conocieron de niños. Cuando se casó con el futuro rey Luis XVI y se fue a Francia, se convirtió en intermediaria entre Franklin y Mozart.

Amy estaba tan entusiasmada que casi no se fijó en las apenas perceptibles líneas al margen, al lado de la letra de Nannerl. Su sorpresa vino acompañada de una oleada de emoción.

—Eso lo ha escrito Grace —dijo con voz temblorosa—, reconocería su letra en cualquier lugar.

Dan miró fijamente a su hermana.

—¿Nuestra abuela arrancó parte del diario de Nannerl?

—No necesariamente, lo que está claro es que estas páginas estuvieron en su poder en algún momento. Ella viajó por todo el mundo. Está relacionada con esta competición de cincuenta maneras distintas.

La joven entrecerró los ojos para leer las letras enmarañadas que se ocultaban detrás del nombre de María Antonieta:

La palabra que le costó la vida,
menos la música.

Dan suspiró irritado.

—Así era Grace, tan clara como el agua...

Nella estaba exasperada.

—¿Qué os pasa a vosotros, los Cahill? ¿Es que todo tiene que ser un acertijo? ¿Por qué no podéis decir las cosas tal cual?

—Entonces no serían las 39 pistas, sino las treinta y nueve afirmaciones.

Amy parecía pensativa.

—María Antonieta se hizo famosa por lo siguiente: cuando le informaron de que los campesinos se estaban amotinando porque no había pan, ella respondió: «Que coman pastel».

Dan hizo un gesto de desilusión.

—¿Puedes hacerte famoso sólo por eso?

Amy puso los ojos en blanco.

—¿No lo entiendes? ¡No había pastel! ¡No había nada que comer! Se convirtió en un símbolo de cómo los ricos ignoraban completamente las necesidades de los pobres. Esas palabras contribuyeron al estallido de la Revolución francesa, que fue cuando María Antonieta murió en la guillotina.

—¡Qué bárbaro! En la guillotina... —aprobó Dan—. Esto se está poniendo interesante.

Nella frunció el ceño.

—¿Estás diciendo que la palabra que le costó la vida fue «pastel»?

—Menos la música —añadió Amy—. ¿Qué querrá decir eso?

—Bueno —masculló la niñera—, María Antonieta hablaba francés, así que...

—¡Un momento! —exclamó Amy— ¡Yo lo sé! ¡Grace me lo contó cuando era pequeña!

—¿Cómo es posible que siempre acabes recordando una conversación extraña que tuviste con Grace hace un millón de años? —preguntó Dan, cuyas emociones acababan de revivir repentinamente—. Sólo hace unas semanas que nos dejó y yo apenas puedo recordar su voz.

—Presta atención, creo que esas conversaciones son importantes —insistió Amy—. Sabemos que era una abuela genial, pero apuesto a que durante todos estos años, ella tenía unos objetivos secretos: nos estaba entrenando para esta competición. Haciéndonos memorizar cierta información que íbamos a necesitar llegado el momento, como ahora por ejemplo.

—¿Y qué información es ésa? —preguntó Nella.

—Cuando alguien reproduce en francés las palabras de María Antonieta: «Que coman pastel», suelen utilizar la palabra *brioche*, pero Grace me dejó muy claro que en realidad ella utilizó una palabra más común para decir «pastel»: *gateau*.

Dan frunció el ceño.

—Pero el pastel es pastel al fin y al cabo, ¿no?

—A menos que esto no tenga nada que ver con los dulces —sugirió Nella—. De acuerdo con Nannerl, Maria Antonieta transmitía mensajes secretos entre Franklin y Mozart, así que tal vez sea algún tipo de código.

—¿Entonces *gateau* es un mensaje pero *brioche* no lo es, a pesar de que tienen el mismo significado? —puntualizó Dan, que aún no estaba convencido.

Amy movió la cabeza en señal de negación.

—No sé lo que quiere decir, pero estoy segura de que es una pieza del rompecabezas.

Dan estaba examinando las páginas de Nannerl por encima del hombro de Nella.

—¡Mira, aquí hay otra nota!

El texto, escrito a lápiz, estaba aún más borroso, pero no había duda de que se trataba de la letra de Grace. Esta vez estaba justo en el centro de la página.

Dan frunció el ceño.

—Parece que tenía hipo...

—Espera... Las letras están justo encima de un nombre —dijo Amy con los ojos entrecerrados tratando de leer lo que había debajo—, Fidelio Racco.

—¡Ése es el tipo que sale en el póster del tío Alistair! —exclamó Dan excitado—. ¡Mozart actuó en su casa!

Nella tradujo del alemán.

—Aquí dice que él era un mercader importante y con mucho éxito. Mozart lo contrató para importar un tipo de acero carísimo que sólo se fraguaba en el Extremo Oriente. Nannerl culpa a Racco de haberle cobrado demasiado a su hermano y de haberlo llevado a la ruina. Y adivina qué le llama.

—¿Tacaño chupasangre? —sugirió Dan.

—Lo llama «primo».

Dan abrió los ojos como platos.

—¿Otro Cahill?

Amy abrió la mochila de su hermano y sacó el portátil.

—Vamos a ver si descubrimos algo de nuestro pariente italiano.

CAPÍTULO 19

Teniendo en cuenta lo famosos y ricos que habían llegado a ser muchos de los Cahill, Fidelio Racco era definitivamente un Cahill de segunda fila. En Internet había alguna información sobre él, pero lugares como el taller Racco Auto en Toronto, la Trattoria Racco en Florencia o el restaurante irlandés Rack O'Lamb en Des Moines parecían ser bastante más conocidos que él. Este mercader multimillonario quizá fuera muy conocido en el siglo XVIII, pero la huella que dejó en la historia el arruinado compositor fue mucho mayor que la suya.

Aunque su contribución a la cultura no tenga comparación con la de Mozart, con la enorme riqueza del comerciante se fundó la Collezione di Racco, una exhibición privada de los tesoros y obras de artesanía que Racco trajo de sus viajes por el mundo. Fue ahí donde Amy y Dan decidieron continuar la búsqueda a la tarde siguiente, dejando a Nella y a *Saladin* en el hotel con varios tipos de comida para gatos italiana. Tal vez el cambio de país viniese acompañado de un cambio de suerte que finalizase la huelga de hambre.

La exhibición se encontraba en la casa de Racco, un edificio del siglo XVIII que parecía no gustarle demasiado a Dan.

—La casa de Racco, la casa de Mozart... —farfullaba mientras caminaban por las calles de adoquines—. Más bien debería ser la casa del aburrimiento.

Amy estaba perdiendo la paciencia.

—¿Por qué siempre tienes que decir eso? Si esta casa nos lleva a la siguiente pista, ¡entonces es el lugar más divertido del planeta!

—No te digo que no —confirmó Dan—. Pero que sea rapidito, cuanto antes, mejor.

—Nos estamos acercando —añadió Amy—, puedo olerlo.

Dan arrugó la nariz.

—Lo único que yo puedo oler es el agua del canal. En serio, creo que nunca podré sacarme este olor de las fosas nasales.

Venecia era una ciudad peatonal estupenda, pero sólo si sabes adónde ir, pensó Amy. Caminar hasta la Collezione di Racco les llevó sólo veinte minutos. Esa pequeña distancia los llevó desde su viejo hotel hasta una enorme mansión de piedra que, obviamente, se encontraba en una zona muy cara de la ciudad.

—Parece que timar a Mozart le dio buenos resultados —comentó Dan.

—Su fortuna no proviene sólo del dinero que obtuvo de Mozart —explicó Amy—. Este tipo era un pez gordo de los negocios internacionales. Tenía flotas de barcos por todo el mundo.

Dan asintió.

—Los Cahill de aquellos tiempos eran peces gordos. ¿Qué pasa con los Cahill perdedores? Ya sabes, los normalitos como nosotros que nunca se hicieron ricos ni famosos.

En la entrada principal, una estatua del propio Fidelio Racco les daba la bienvenida. Si la figura estaba hecha a escala real, entonces el rico mercader había sido muy bajo, tan sólo unos centímetros más alto que Dan. Sin embargo, lo más sorprendente de todo era que Racco había sido representado rasgueando una mandolina y además, por su boca abierta, se podría decir que estaba cantando.

Dan frunció el ceño.

—¿Otro Janus?

Su hermana asintió.

—Eso explica por qué Mozart acudió a él para importar ese acero tan especial. Pensó que sería más seguro tratar con alguien de su propia rama.

—Mala jugada, Wolfgang —dijo Dan con aires de sabiduría—. Nunca te fíes de un Cahill.

Pagaron los veinte euros que costó la carísima entrada y accedieron a la mansión. Incluso ahora, siglos después de su muerte, Fidelio Racco seguía cobrando demasiado a sus clientes.

Recorrieron las diversas salas de exposición, que albergaban la mayor parte de las riquezas del siglo XVIII: seda, pesados brocados, porcelana de Oriente, plata y oro de las Américas, diamantes, marfil, espectaculares grabados en madera de África, así como exquisitas alfombras tejidas a mano de Arabia y Persia.

—Esto es extraordinario —le susurró Amy a Dan—. ¡Sólo un Janus podría tener tantísimo gusto!

La decoración artística era impresionante, pero la información proporcionada en la exhibición decía que la mayor parte de las riquezas de Racco provenía de productos mucho menos glamurosos, como té, especias y un extraño acero japonés ligado con wolframio, que tenía un punto de fusión más elevado que el del resto de metales.

—Seguro que ése es el acero que Racco le vendía a Mozart —dijo Amy con certeza.

—Wolframio —masculló Dan, con una mirada distante—, yo he oído algo sobre eso en alguna parte.

Amy no se fiaba demasiado.

—¿No estarás pensando en Wolfgang, verdad?

—No, hablo del wolframio. Grace me habló de él —dijo el muchacho volviéndose hacia su hermana—. Tú no eras la única nieta a la que le contaba cosas, ¿sabías?

Amy suspiró.

—Está bien, ¿y qué te dijo?

Él parecía afligido.

—Estaba intentando recordar sus palabras.

—¿Ves? Por eso me contó a mí la mayor parte de las cosas, porque sabía que tú te olvidarías de todo.

Caminaron por un pasillo con exquisitos grabados y dorados muebles traídos de todas partes del mundo y llegaron a una sala donde, colocado en el centro y bañado con una luz azul, se exhibía un clavicordio de caoba pulida.

—Me voy a otro lado, esto se está pareciendo demasiado a quien tú ya sabes.

Amy estiró el brazo y agarró con fuerza el hombro de su hermano.

—¡Es que es de quien tú ya sabes! ¡Éste es el instrumento que Mozart tocó en su actuación en casa de Racco en 1770!

—Hay un problema: es un clavicordio, así que no puede decirnos qué significa D>CAL. Además, tampoco tiene nada que ver con los pasteles, ni en francés ni en ninguna otra lengua.

—Aun así —insistió Amy—, todo lo que hemos averiguado nos ha traído siempre hacia este instrumento, así que creo que la segunda pista va a salir de aquí. Estoy segura.

Dan rebuscó en el bolsillo de su pantalón y sacó una servilleta arrugada.

—Por suerte no llevaba estos pantalones el día que nos caímos en el canal.

Amy estaba confundida.

—¿Qué es eso?

Él desdobló la servilleta y mostró el logo de la compañía ferroviaria.

—Lo único que se puede hacer con un clavicordio es tocarlo. Y da la casualidad de que llevaba encima una partitura.

Le dio la vuelta al papel y ahí estaba la versión de KV 617 que había escrito en el tren.

Amy tuvo que contener las ganas de aplaudir.

—¡Eres un genio, Dan! Tocaremos una pieza musical de Ben Franklin con el instrumento de Mozart!

El clavicordio estaba acordonado con cuerdas de terciopelo. Echaron un vistazo a su alrededor y vieron a un guardia de seguridad que estaba parado delante de la puerta.

—Parece que no podremos hacerlo ahora —observó Dan—. Ese tipo nos partirá en dos si ponemos un solo dedo encima de su precioso teclado.

—Buena observación —añadió Amy.

—La casa cierra a las cinco —dijo el muchacho—. Tendremos que escondernos hasta entonces.

La decoración del baño era antigua, probablemente de entre 1920 y 1930, con baldosas negras y blancas e inmaculadas instalaciones de porcelana.

«¿Cómo puedes estar tan obsesionada con los azulejos y los baños en un momento como éste?», se regañó Amy a sí misma.

Aunque en realidad, si se concentraba tan sólo en lo realmente importante, se vendría abajo completamente. ¿Y si la mansión tenía una alarma? ¿O un ejército de vigilantes? ¿Qué quería decir D>CAL? ¿Cómo se puede sustraer música de la palabra francesa *gateau*?

Demasiadas preguntas para un cerebro de catorce años.

Y ésos eran tan sólo los problemas actuales. Además estaba la familia, descubrir que estaba emparentada con Ben Franklin, Mozart y María Antonieta...

«¡No hay palabras que describan esta sensación! ¡Sientes que tienes sangre azul! ¡Que formas parte de la historia!»

Pero los grandes Cahill del pasado eran exactamente eso... historia. Hacía tiempo que estaban muertos y enterrados. ¿Quiénes eran los Cahill en la actualidad? Jonah, los Holt, el tío Alistair, los Kabra, Irina... Todos eran unos traidores, matones, estafadores y ladrones. Gente que te sonreía y te llamaba primo mientras estiraban el brazo para darte una puñalada por la espalda.

Se suponía que esta competición iba a ser un acontecimiento grandioso e importante, una oportunidad para cambiar el futuro, pero se había convertido más bien en un *reality show* llamado «¿Quién quiere ser un Judas?» que cada vez se estaba volviendo más despiadado. ¿Serían todos los Cahill así de horribles? Ella no conseguía imaginarse a Mozart en una persecución en barco o poniendo bombas en un túnel. ¿Hasta qué punto podría llegar esta implacabilidad?

«El incendio en el que murieron papá y mamá fue declarado accidente. El tío Alistair dice que él sabe "la verdad". ¿Querrá eso decir que en realidad no fue un accidente?»

Con sólo pensarlo a Amy se le quitaban las ganas de seguir luchando. Palabras como «competición» o «premio» convertían todo aquello en una especie de juego, pero la tragedia que había tenido lugar siete años antes no había sido ninguna broma, pues les había arrebatado a sus padres, a las dos personas que más quería. Y peor aún era el caso de Dan, que había perdido incluso los recuerdos de sus padres. La simple idea de que el incendio pudiera haber sido provocado...

De repente, se sintió débil, sin fuerzas para continuar adelante.

«Tal vez deberíamos rendirnos. Podríamos volver a Boston, dejar que Nella siga con su vida y entregarnos a los servicios sociales; quizá la tía Beatrice nos deje volver con ella.»

Sin embargo, en lo más profundo de sí misma, ella sabía que rendirse sería lo último que harían. Lo último que podrían hacer. Y menos estando tan cerca de la siguiente pista. No tenían pruebas de que la muerte de sus padres estuviese relacionada con los Cahill, pero si lo estuviese, entonces ganar la competición sería mil veces más importante.

Volvió a acomodarse en el asiento del baño e intentó relajarse. Ella sabía que al otro lado del pasillo, en el lavabo de caballeros, Dan estaba haciendo lo mismo. O tal vez él fuese demasiado tonto como para tener miedo.

No, no era tonto, su hermano era inteligente. Brillante incluso, a su manera, pese a su escasa capacidad de atención. La idea de esconderse en el baño hasta que la exposición cerrase había sido suya. Ella se había dedicado a seguir sus pasos en la vieja casa, porque él tenía localizados a los guardias de seguridad. Y cuando uno de ellos empezó a mirarlos y a sospechar, fue el instinto de Dan el que los llevó a esconderse en otra exposición.

«Yo probablemente aún estaría allí, farfullando y excusándome de manera penosa.»

Dan la necesitaba, pero ella también lo necesitaba a él. Tanto si les gustaba como si no, formaban un equipo: el bobo y lunático de Dan y su hermana la tartamuda. No eran exactamente la combinación ideal para dominar el mundo.

Las mariposas del estómago de Amy amenazaban con salir volando con ella. Dan tenía sus virtudes, pero no era exactamente un gran analista sobre qué podría salir mal, y Amy envidiaba eso en él. Había ocasiones en las que ella no podía pensar en nada más que eso, era la Albert Einstein del pesimismo.

Miró la hora en su empapado reloj que, a pesar de todo, seguía funcionando. Había pasado media hora desde que se anunció el cierre, en seis idiomas distintos, de la Collezione di Racco.

Saltó el temporizador y la estancia se sumergió en la repentina oscuridad. ¡Oh, no! ¡No llevaban consigo ninguna linterna! ¿Cómo se las arreglarían para llegar al clavicordio?

Con cuidado, palpó las paredes buscando el camino hasta la puerta del baño, tratando de recordar cómo era el baño de señoras. Tenía que encontrar a Dan, ¡pero antes de nada tenía que salir de allí!

El sonido de unos pasos le paralizó el corazón. ¡Un guardia de seguridad! Los cogerían, los arrestarían y los enviarían de vuelta a Estados Unidos...

—¿Amy?

—Dan, ¡idiota! Casi me da un infarto.

—No hay moros en la costa. Vamos.

—¿Con esta oscuridad? —preguntó ella.

Dan se rió en su cara.

—Sólo los baños están a oscuras. El resto del lugar permanece iluminado.

—Ah. —Avergonzada, siguió la voz de su hermano hasta la salida, al otro lado de la pesada puerta. Dan tenía razón: Collezione di Racco estaba en el modo nocturno, los puntos de luz de las exposiciones estaban apagados, pero una de cada cuatro bombillas estaba encendida—. ¿Hay indicios de vigilantes nocturnos? —susurró la muchacha.

—Yo no he visto a nadie, pero la casa es bastante grande. Tal vez esté vigilando el oro y los diamantes, o eso es lo que haría yo. ¿Quién robaría un clavicordio?

Se apresuraron por los enormes pasillos, agradeciendo que sus deportivas no hicieran mucho ruido al pisar los suelos de mármol. La luz azul estaba apagada, pero incluso a media luz Amy pudo distinguir el brillo del teclado de marfil que su primo lejano, el joven Mozart, había tocado en 1770. Un escalofrío de emoción le recorrió el cuerpo como si de corriente eléctrica se tratase. La siguiente pista estaba ya cerca, muy cerca.

En ese momento, el frío contacto de la cerbatana sobre la nuca detuvo cualquier tipo de actividad cerebral.

CAPÍTULO 20

—A ver si dejamos de reunirnos de esta forma —susurró Natalie Kabra a su espalda.

Lleno de rabia, Dan corrió hacia Natalie, pero Ian dio un paso hacia adelante y, saliendo de entre las sombras, lo agarró firmemente por la cintura.

—No tan rápido, Danielito. Ya veo que os habéis recuperado del baño en los canales —dijo Ian, oliendo el pelo de Dan—. Bueno, no del todo.

—¿Qué queréis? —preguntó el muchacho, desafiante.

Ian lo miró compasivamente.

—¿Me estás tomando el pelo? Como si fuera una coincidencia que estemos todos aquí. Verás, vais a quedaros ahí quietecitos ante la cerbatana de mi hermana mientras yo os entretengo con algo de música.

Empujó a Dan violentamente contra una pared y después tiró a Amy encima de él.

Natalie se colocó delante de ellos, apuntándolos con la cerbatana.

—No os preocupéis —les dijo en un tono dulce y fingido—, el dardo no os matará, pero despertaréis dentro de un par de horas con un horrible dolor de cabeza.

—Por segunda vez —añadió su hermano. Después, saltó el cordón de terciopelo, se sentó al clavicordio y, con aires de superioridad, se crujió los nudillos.

—¡Es un farol! —lo acusó Dan—. ¡Si ni siquiera sabes qué tocar!

—Estoy seguro de que se me ocurrirá algo —dijo Ian animado—. Tal vez «Los cochinitos dormilones» o «La vaca lechera». O quizá una cancioncilla llamada KV 617.

—¿Cómo lo sabes? —dijo Amy, perpleja.

—Os creéis muy listos, pero en realidad sois patéticos —se burló Natalie—. Hemos estado siguiéndoos desde la estación en Viena. Hemos pirateado vuestro ordenador y hemos seguido todos vuestros movimientos. Vosotros descargasteis esta canción de Internet y nosotros la descargamos de vuestro ordenador.

—Me tomé la libertad de imprimir mi propia copia —añadió Ian, desdoblando una partitura y colocándola delante de él.

Amy y Dan intercambiaron miradas significativas. Ian y Natalie no habían descubierto que la versión de Internet no era la misma que la de Ben Franklin, así que tal vez aún no estuviera todo perdido.

Ian empezó a tocar. El sonido metálico del clavicordio empezó a resonar en la habitación, que parecía una tumba. Sonaba mucho más alto de lo que Amy se esperaba y no estaba demasiado desafinado. ¡Un magnífico instrumento! Estiró el cuello para ver los largos dedos de Ian danzando sobre las teclas de marfil y fue entonces cuando lo vio: un diminuto cable se extendía desde debajo de D por encima de C agudo y desaparecía debajo de la pulida madera del clavicordio.

D por encima de C agudo. Amy frunció el ceño. ¿Por qué le resultaba tan familiar? Entonces una imagen le vino a la mente: D>CAL.

«¡La nota de Grace en las páginas de Nannerl! ¡Es una advertencia! ¡Hay una trampa en D!»

Justo acababa de entender el significado de la nota de su abuela cuando oyó cómo ascendía el tono de la música y vio la mano derecha de Ian revoloteando hacia la fatídica D.

Su reacción fue tan natural e instantánea que ni siquiera le dio tiempo a pensar en lo tonta que era. Gritando «¡No!» se echó hacia adelante, derribando a Natalie. La cerbatana se disparó, y sin tocar a Amy, el dardo se perdió entre las cortinas. Amy salió volando, dispuesta a tirar a Ian del taburete antes de que ocurriera un desastre; sin embargo, no llegó a tiempo.

Se estrelló contra Ian justo cuando su dedo acariciaba la tecla trampa.

¡BOOM!

Una brillante llama atravesó el clavicordio de Mozart lanzando a Amy y a Ian tres metros más allá. Amy se hizo un ovillo y cayó rodando, sin hacerse daño. La cabeza de Ian chocó contra el suelo de mármol y se quedó inmóvil, en el suelo.

Natalie se agachó para tratar de recoger la cerbatana, pero Dan fue demasiado rápido para ella. El joven recuperó el dardo de entre las cortinas que estaban detrás de él y se lo lanzó como si fuera una lanza a su adversaria. La punta se clavó en el hombro de la muchacha, que sujetaba el arma entre sus manos. Medio mareada, trató de luchar contra los efectos del veneno. Dan se preparó para el impacto, pues sabía que él iba a recibir otro dardo; sin embargo, Natalie puso los ojos en blanco y se desplomó sobre el suelo, al lado de su hermano.

Dan corrió hacia Amy.

—¿Estás bien?

Amy se arrastró hasta los restos del instrumento. Las distintas piezas de madera ardían lentamente, pero, sorprendentemente, el teclado estaba intacto. Ahora se podía ver un segundo conjunto de clavos que desaparecían bajo el suelo.

—¡Rápido! ¡La partitura!

Dan la miró fijamente.

—Ahora no va a funcionar, está ardiendo.

—¡Tráela!

La joven desdobló la servilleta y empezó a pulsar las teclas. No se oía música, tan sólo el suave clic de las teclas, pero la muchacha siguió tocando, siguiendo una a una las notas de la pista de Ben Franklin.

De repente, el suelo empezó a temblar bajo sus pies.

—¡Vámonos, Amy! —gritó Dan—. ¡Todo el edificio se viene abajo!

En el suelo de mármol se abrió una puerta de un metro cuadrado. Ante ellos, en una cama de terciopelo negro, descansaban dos brillantes espadas.

—¡Samurái! —gritó Dan admirado. El niño se agachó, agarró una de las empuñaduras de oro, se levantó y blandió el arma—. Los guerreros samurái llevaban dos hierros: uno corto y uno largo. Éstos deben de ser los cortos. Son geniales.

Amy cogió la otra espada y examinó los caracteres japoneses grabados en el metal.

—Supongo que estarán hechas de ese acero especial que tanto interesaba a Mozart.

Dan afirmó.

—Pero ¿cómo puede ser ésta nuestra pista? No tiene nada que ver con lo que Grace escribió en las páginas de ese diario.

—D por encima de C agudo se refería a la tecla del clavicordio donde estaba la trampa —explicó Amy—. Y *gateau* menos la música... —Se dio cuenta de repente—. Las notas musicales también son letras, ¿te acuerdas? A, B, C, D, E, F y G. Si sacas esas letras de la palabra *gateau*, sólo te quedan la T y la U. —La muchacha parecía confundida—. No tiene sentido.

—¡Sí que lo tiene! —gritó Dan—. ¡Es el viejo símbolo químico del tungsteno! ¡Eso es lo que Grace me contó y yo había olvidado! ¡Al tungsteno antes lo llamaban wolframio!

Los ojos de Amy brillaban con el descubrimiento.

—Por eso María Antonieta dijo: «Que coman pastel». No estaba hablando de los pobres... *Gateau* era el mensaje codificado entre Franklin y Mozart en el que le decía qué ingrediente necesitaba. ¡Lo hemos descubierto! ¡La primera pista era soluto de hierro y ésta es tungsteno! ¡En eso consiste la competición! ¡Estamos reuniendo los ingredientes de una especie de fórmula!

El momento estaba repleto de emociones: el humo de la explosión, el acero de las espadas, el entusiasmo del nuevo hallazgo. Sin embargo, para Amy, había mucho más que eso. Esa pista los había llevado un paso más cerca de la victoria.

«Y más cerca de comprender quiénes somos realmente.»

De alguna forma, sabía que sus padres sonreían mirándolos.

Agarró a su hermano de la mano. Habían discutido mucho, pero éste era su momento.

«¡Aún seguimos en la competición!»

De repente, las luces se encendieron y un vigilante nocturno uniformado echó a correr frenéticamente por la habitación, gritando en italiano. Desconcertado, Dan se volvió para mirarlo, sin darse cuenta de que aún estaba sujetando la espada de samurái con las dos manos, como si fuese un bate de béisbol preparado para un golpe. Con un grito aterrorizado, el guardia dio media vuelta y empezó a correr hacia el otro lado.

—Salgamos de aquí —sugirió Amy.

—¿Qué hacemos con ellos? —preguntó Dan, señalando a los Kabra, que estaban tirados en el suelo, inconscientes.

—Ese guardia volverá de un momento a otro con la policía y avisarán a un médico.

Abrazando sus espadas, los Cahill corrieron en dirección a la salida.

Nella estaba a punto de tirar la toalla.

No podía soportar más los suspiros del demacrado y lánguido *Saladin*, apenas incapaz de maullar decentemente. En cuanto Amy y Dan llegasen, iba a salir en busca de una pescadería para comprarle un poco de atún. La verdad era que eso supondría una total rendición y además estarían desperdiciando treinta euros en un poquito de pescado, pero aun así era mejor que un gato muerto.

Grace Cahill tal vez habría sido una gran mujer, pero como dueña de su mascota, no había oído hablar mucho del amor severo.

La niñera consultó la hora en su reloj y frunció el ceño. Ya eran más de las siete. Todos los museos habían cerrado hacía más de una hora. Amy y Dan llegaban tarde otra vez y a ella le daba miedo pensar qué podría significar eso.

Suspirando, decidió intentarlo una vez más. Abrió otra lata de comida para gatos y se la llevó al mau egipcio, que estaba tumbado en el brazo del sofá, viendo sin ganas un capítulo de una teleserie doblado al italiano.

—Está bien, *Saladin*, tú ganas. Has demostrado tener más aguante que yo. Pero no podré ir a comprar pescado del que te gusta hasta más tarde, así que ¿por qué no le das un par de mordiscos a esto por ahora mientras esperamos a que los niños vuelvan?

La muchacha cogió un poco con el dedo y se lo puso al gato en la lengua aprovechando un bostezo.

Si un gato puede sobresaltarse, entonces *Saladin* lo hizo. Saboreó la comida como un catador saborea el vino y después se abalanzó sobre el dedo de Nella y empezó a chuparlo.

Animada, la niñera le acercó la lata y el animal la vació en tres segundos.

—¡Muy bien! —aplaudió la joven—. ¡Sabía que te gustaría! ¡Sólo tenías que probarlo! Es comida para gatos, ¡para gente como tú!

Saladin estaba ya terminando la segunda lata cuando Amy y Dan empezaron a aporrear la puerta.

Nella estaba entusiasmada con el triunfo.

—¡Felicitadme, chicos! ¡La huelga de hambre se ha acabado! —exclamó, viendo cómo Dan jugaba con la letal espada de samurái en su pequeña habitación de hotel—. ¡Pon eso en el suelo o acabarás cortándote las orejas!

Dan ignoró la advertencia, así que *Saladin* abandonó el banquete y se escondió debajo de la cama.

Colorada del entusiasmo, Amy jugaba con la otra espada.

—¡No pasa nada! ¡Es la siguiente pista!

—¿Espadas?

—¡Tungsteno! ¡El acero está ligado con eso!

—¡Haced las maletas! —gritó Dan—. ¡Tokio: allá vamos! Muy bien hecho, *Saladin*, sabíamos que podrías.

Un nervioso «¡Miau!» brotó de debajo de la cama.

Nella estaba totalmente confundida.

—Pero ¿por qué Tokio?

—Las espadas proceden de allí —explicó Amy, casi sin aliento— y el acero se forjó allí también. ¡Además, en el museo decía que Fidelio Racco se marchó a Japón y nunca más se supo de él!

—¿Y nosotros tenemos que hacer lo mismo, entonces? —preguntó la niñera.

—Todo nos conduce hacia allí —insistió Amy—. Allí encontraremos la siguiente pista.

Eso era lo mejor de Nella Rossi, su lealtad. Sin ninguna otra queja, levantó el teléfono y llamó a las aerolíneas japonesas.

Los Kabra tenían dinero; los Holt, músculos; Irina, astucia y preparación; Alistair, experiencia, y Jonah, fama. Amy y Dan Cahill tenían ingenio y poco más. Sin embargo, sólo ellos habían descubierto la segunda pista.

La búsqueda seguía en marcha.

CAPÍTULO 21

A los ciudadanos de Salzburgo, en Austria, el señor McIntyre les parecía un turista más. Vestido con un estilo más formal, tal vez, con su traje negro, pero seguía siendo un turista extranjero que paseaba por la plaza. Nadie parecía haberse fijado en el diminuto monitor de mano, ni había oído el suave pitido intermitente que el dispositivo emitía a medida que se acercaba al transmisor.

Durante casi una semana, el señor McIntyre había estado utilizando su equipo para controlar a Dan y a Amy en su viaje de París a Viena y, después, a Salzburgo, pero ahora la señal había dejado de moverse. De hecho, llevaba parada dos días. Algo no iba bien.

Cuando cruzó la plaza, el pitido intermitente se volvió continuo, lo que significaba que el transmisor estaba muy, muy, muy cerca.

El señor McIntyre tenía la mirada fija. Ahí estaba, colocado como un pin en una solapa, en la estatua de Mozart del centro de la plaza.

Una mano fuerte que le sujetó por el hombro lo hizo girar. Era Alistair Oh, en medio de un ataque de ira.

—¡Así que era usted! —lo acusó el anciano—. ¡No me gusta que se entrometa en esta competición! ¿Dónde está mi pista?

El abogado se encogió de hombros, desconcertado.

—No tengo nada suyo.

—Había una pista en el túnel en San Pedro —dijo Alistair fríamente—. Cuando quise sacarla para que me la tradujeran, ya no estaba allí. En su lugar, dentro de mi bastón, estaba su dispositivo de espionaje. Le ruego que me dé una explicación.

—No tengo ninguna.

—Entonces ¿confiesa que está metiendo baza en la competición? —preguntó, entrecerrando los ojos—. ¿O es que está pensando hacerse con ella por completo y llevarse el premio?

McIntyre trató de imponerse y hablar seriamente.

—En absoluto, señor. Tal vez lo hayan embaucado, pero no he sido yo. Debe saber que, teniendo en cuenta lo que hay en juego, es muy posible que haya lugar para la traición. Los Cahill son capaces de lo que haga falta.

—Ésta no es mi última palabra, cuando gane la competición, puedo asegurarle que no volverá a trabajar. —Alistair giró sobre sus talones y se marchó.

Con un suspiro, McIntyre retiró el transmisor de la solapa de Mozart, donde había sido pegado con chicle, y lo guardó en el bolsillo. Abandonó la plaza y caminó tres bloques hasta la terraza de una cafetería en un jardín solitario. Se sentó a una tranquila mesa, al lado de un hombre que estaba completamente vestido de negro.

—No te lo vas a creer —anunció el abogado en un tono desesperado—. Encontraron el dispositivo de espionaje en el collar del gato y se lo colocaron a Alistair Oh.

El hombre de negro frunció el ceño y se pasó la mano por la frente.

—Entonces lo que me estás diciendo es que hemos perdido a los niños.

McIntyre asintió desanimado.

—Más bien nos han perdido ellos a nosotros. Es posible que tengan más recursos de los que la señora Grace se había imaginado.

En el cielo, justo sobre su mesa, un avión dejaba un rastro blanco en dirección este.

No te pierdas ningún título de la serie:

¿Quieres ser el primero
en encontrar las 39 pistas?

Entra en

www.the39clues.es

¡y participa en una emocionante aventura interactiva!

✓ Crearás tu propio personaje, con su correspondiente AVATAR.
✓ Encontrarás emocionantes MISIONES con pruebas
que deberás superar para descubrir nuevas pistas.
✓ Podrás jugar solo o establecer alianzas CON TUS AMIGOS
y crear equipos.
✓ Participarás en divertidos CONCURSOS que te permitirán
ganar fantásticos PREMIOS.

LEE   JUEGA GANA
LOS LIBROS   ONLINE   PREMIOS

Sólo si participas en la aventura online
podrás ser el primero en descubrir
el misterio de la familia Cahill.